MASTER VILLAINESS
L'INVINCIBLE
- 1 -

MASTER VILLAINESS L'INVINCIBLE!

1

LES PERSONNAGES

TANG HAEMON
FILLE DU CHEF DU CLAN TANG DE SACHEON

NAMGUNG JIHA
HÉRITIER DU CLAN NAMGUNG

EON GUNWOO
HÉRITIER DE LA FAMILLE EON

YANG BANGSHIK
GUERRIER DU CLAN TANG DE SACHEON ET COMMANDANT DE L'ESCOUADE D'ESCORTE.

JIN SOYE
UNE JEUNE FILLE COURAGEUSE

EON SARYONG
CHEF DU CLAN EON
GRAND-PÈRE MATERNEL DE TANG HAEWON

OÙ EST-CE QUE TU EN ES DANS TA LECTURE ?
JE VIENS DE LA TERMINER.
SHWAAAAA
ALORS ? QU'EST-CE QUE TU EN AS PENSÉ ?
C'EST VRAIMENT PRENANT...
JE COMPRENDS MIEUX POURQUOI C'EST UN BEST-SELLER DEPUIS DES ANNÉES.
TU VOIS ?! TU NE VEUX PAS ESSAYER D'ÉCRIRE UN ROMAN DANS L'UNIVERS DES ARTS MARTIAUX, TOI AUSSI ?
DE TOUTE FAÇON, CE QUE TU ÉCRIS EN CE MOMENT NE TE RAPPORTE PRESQUE RIEN. DONC AUTANT TENTER UN AUTRE GENRE !
WOUAH, C'EST SYMPA, DIT COMME ÇA...!!!
PFIOU...
HÉ, TU SAIS, MOI AUSSI, J'AI CHANGÉ POUR FAIRE DU FANTASTIQUE ET DES ARTS MARTIAUX, ET GRÂCE À ÇA, JE SUIS PROPRIO, MAINTENANT !

HMM...
SPLASH
J'AIMERAIS ESSAYER AUSSI.
CE GENRE DE...
TUUUUUUUUT
BOUM
MON DIEU ! C'ÉTAIT QUOI CE BRUIT ?
HÉ ! ALLÔ ?!
ALLÔ ?!!
RAH... PUT*IN...
HÉ, ARRÊTE, C'EST PAS DRÔLE !
SHWAAAA
CLAC
VROUM
HÉ !!! RÉPONDS-MOI !
ALLÔ ?!
L'HÉRITIER DU CLAN NAMGUNG
JE VEUX ESSAYER AUSSI...
CE GENRE DE CHOSE.

OH...? JE SUIS EN VIE ?
EST-CE QUE JE SUIS À L'HÔPITAL ? ÇA SENT LES HERBES MÉDICINALES...
HEIN ? JE SUIS SUR LE PLATEAU DE TOURNAGE D'UNE SÉRIE HISTORIQUE OU QUOI ?
MON DIEU !
MA... MADEMOISELLE !
MADEMOISEEELLE... VOUS ÊTES ENFIN RÉVEILLÉE...
« MADEMOISELLE » ? MOI ?! QUI ÊTES-VOUS ?
SNIF
C'EST MOI,SHINA, MADEMOISELLE...
AH, HAEWON !!!
HEIN ?
HAEWON ?
QUI C'EST...?

TU ES ENFIN RÉVEILLÉE, HAEWON !
TU AS VRAIMENT INQUIÉTÉ MAMAN. J'EN AI PERDU LE SOMMEIL...!
MADAME S'EST FAIT UN SANG D'ENCRE...
MA... MÈRE ?!
OUI, HAEWON !
TU NE ME RECONNAIS PAS ?!
QU'EST-CE QUE...?
TOI ! POURQUOI RESTES-TU PLANTÉ LÀ ?
VA VITE PRÉVENIR LE CHEF TANG !
OUI.
LE CHEF TANG... HAEWON...
ATTENDS... HAEWON ?
MÈRE, POUVEZ-VOUS M'APPORTER...
... CE MIROIR ?
DE QUOI ?
IMPOSSIBLE...

TU AS ENCORE MAUVAISE MINE...
LA FILLE DU CLAN TANG, DE SACHEON, TANG HAEWON ?!!
QU-QU'EST-CE QUI SE PASSE DANS MA TÊTE, D'UN COUP ?
CE NE SONT PAS MES SOUVENIRS !
CE SONT...
MON DIEU !
PLOC
HAEWON ! EST-CE QUE ÇA VA ?
HAEWON !

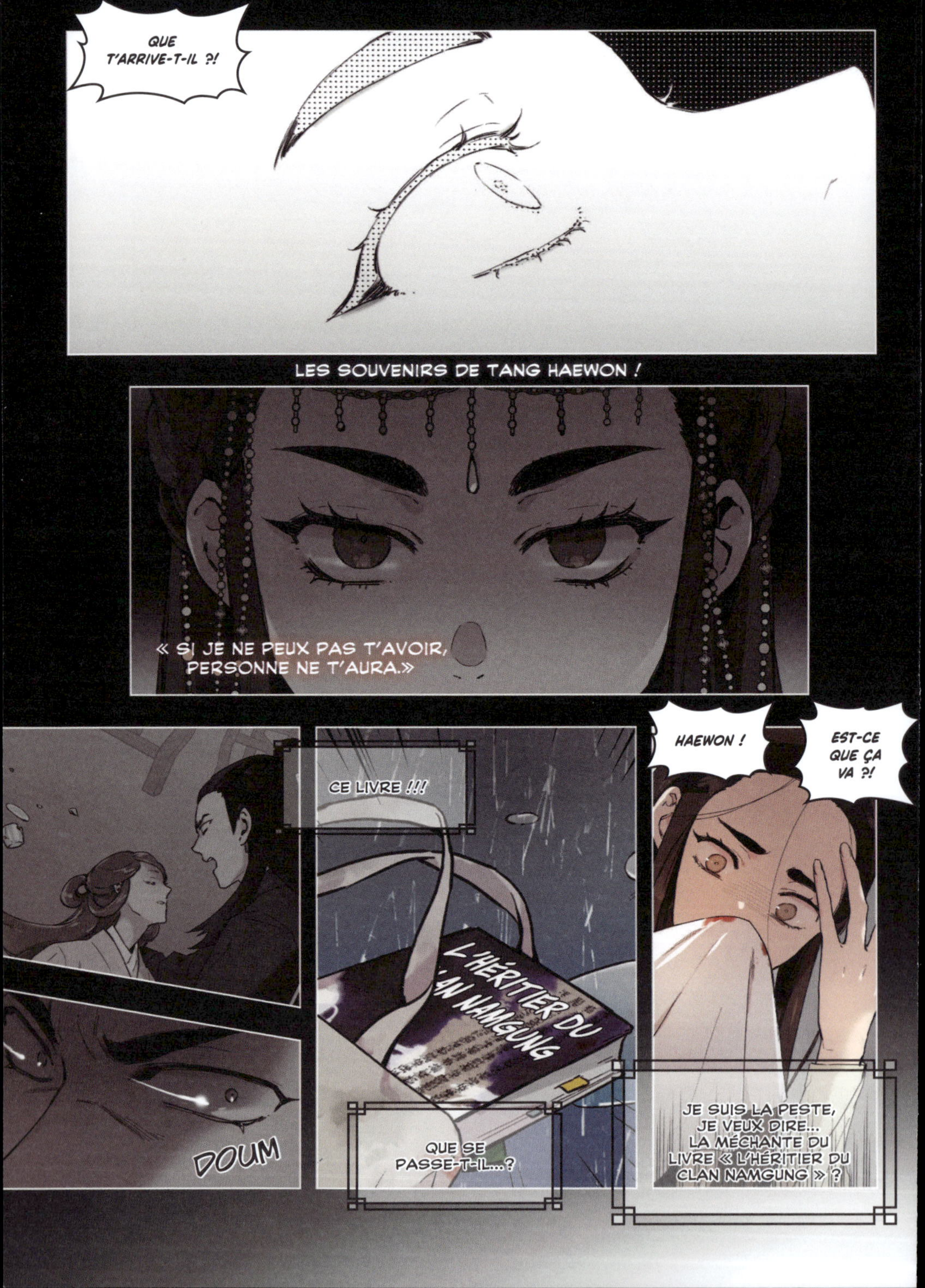
QUE T'ARRIVE-T-IL ?!
LES SOUVENIRS DE TANG HAEWON !
« SI JE NE PEUX PAS T'AVOIR, PERSONNE NE T'AURA.»
DOUM
CE LIVRE !!!
L'HÉRITIER DU CLAN NAMGUNG
QUE SE PASSE-T-IL... ?
HAEWON !
EST-CE QUE ÇA VA ?!
JE SUIS LA PESTE, JE VEUX DIRE... LA MÉCHANTE DU LIVRE « L'HÉRITIER DU CLAN NAMGUNG » ?

JE NE SUIS MÊME PAS L'HÉROÏNE, MAIS LA PLUS GRANDE MÉCHANTE DE L'HISTOIRE ? POURQUOI ? COMMENT ? POURTANT J'AI TOUJOURS ESSAYÉ D'ÊTRE GENTILLE DANS MA VIE ! J'ÉTAIS JUSTE...
HAEWON, TE SENS-TU UN PEU MIEUX ?
...UNE ÉCRIVAINE DE ROMANCE FANTASTIQUE SANS SUCCÈS !!!
OUI...
...JE DOIS ME CALMER. TANG HAEWON, TANG HAEWON...
OUI, TANG HAEWON.
CELLE QUI A POUSSÉ LE CLAN TANG À AGIR POUR QU'ELLE PUISSE SE FIANCER À L'HOMME QU'ELLE AIMAIT, UN AMOUR NON PARTAGÉ.
LA MARIONNETTE DE LA SECTE DÉMONIAQUE. CE PERSONNAGE A BRISÉ L'UNION ENTRE DE PUISSANTS GROUPES...
ET A PAVÉ LE CHEMIN POUR QUE LA SECTE DÉMONIAQUE PRENNE LE CONTRÔLE DU MONDE DES ARTS MARTIAUX.
PLUS TARD, CET HOMME EST TOMBÉ AMOUREUX D'UNE AUTRE. EMPORTÉE PAR LA RAGE, ELLE A ALORS SEMÉ LA DISCORDE ENTRE LES CINQ GRANDS CLANS.
C'ÉTAIT QUOI, LA SUITE...?

AH, C'EST VRAI. ELLE N'ÉTAIT PLUS D'AUCUNE UTILITÉ POUR LA SECTE DÉMONIAQUE, ILS LUI ONT DONC FAIT PORTER LE CHAPEAU POUR TOUTES CES INFAMIES. APRÈS QUOI, ELLE A ÉTÉ TUÉE.
ELLE FINIT PAR MOURIR...
SURSAUTE
ATTENDS... C'EST CE QUI VA M'ARRIVER ?
QU'EST-CE QU'IL SE PASSERA, SI C'EST LE CAS ?
CALME-TOI... SI JE MEURS COMME DANS LE ROMAN, JE RETOURNERAI PEUT-ÊTRE DANS MON MONDE.

MAIS J'AI ÉTÉ VICTIME D'UN ACCIDENT AVEC DÉLIT DE FUITE...
ALLONGE-TOI UN MOMENT.
ET SI J'ÉTAIS DÉJÀ MORTE ?
ET SI C'ÉTAIT UNE DEUXIÈME CHANCE ?
ET SI MOURIR ICI VOULAIT DIRE MOURIR POUR DE BON...?
APPORTE DONC SON INFUSION D'HERBES.
C'EST RISQUÉ DE NE RIEN FAIRE.
JE DOIS EMPÊCHER LA MORT DE HAEWON !

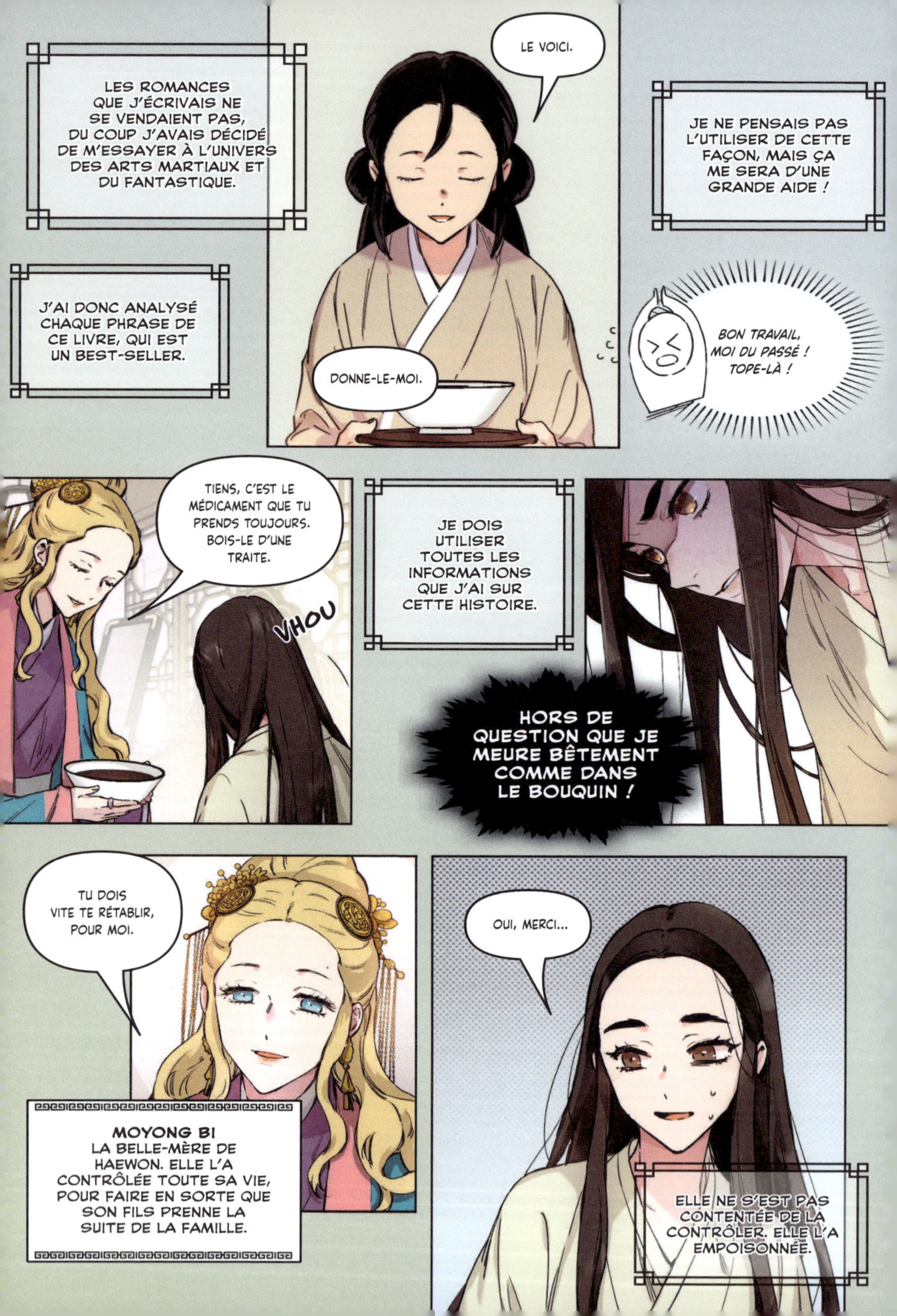
LES ROMANCES QUE J'ÉCRIVAIS NE SE VENDAIENT PAS, DU COUP J'AVAIS DÉCIDÉ DE M'ESSAYER À L'UNIVERS DES ARTS MARTIAUX ET DU FANTASTIQUE.
J'AI DONC ANALYSÉ CHAQUE PHRASE DE CE LIVRE, QUI EST UN BEST-SELLER.
LE VOICI.
DONNE-LE-MOI.
JE NE PENSAIS PAS L'UTILISER DE CETTE FAÇON, MAIS ÇA ME SERA D'UNE GRANDE AIDE !
BON TRAVAIL, MOI DU PASSÉ ! TOPE-LÀ !
TIENS, C'EST LE MÉDICAMENT QUE TU PRENDS TOUJOURS. BOIS-LE D'UNE TRAITE.
VHOU
JE DOIS UTILISER TOUTES LES INFORMATIONS QUE J'AI SUR CETTE HISTOIRE.
HORS DE QUESTION QUE JE MEURE BÊTEMENT COMME DANS LE BOUQUIN !
TU DOIS VITE TE RÉTABLIR, POUR MOI.
MOYONG BI LA BELLE-MÈRE DE HAEWON. ELLE L'A CONTRÔLÉE TOUTE SA VIE, POUR FAIRE EN SORTE QUE SON FILS PRENNE LA SUITE DE LA FAMILLE.
OUI, MERCI...
ELLE NE S'EST PAS CONTENTÉE DE LA CONTRÔLER. ELLE L'A EMPOISONNÉE.

POUR ÉCARTER HAEWON DU RÔLE D'HÉRITIÈRE DU CLAN SACHEON TANG... ELLE LUI A RÉGULIÈREMENT FAIT BOIRE UNE INFUSION VÉNÉNEUSE CAPABLE D'EMPÊCHER UNE BONNE CIRCULATION SANGUINE.
ELLE A FAIT REMPLACER LES MÉDECINS DE HAEWON PAR SES HOMMES. GRÂCE À QUOI, SON CONTRÔLE ÉTAIT TOTAL... ELLE POUVAIT AINSI LUI FAIRE INGURGITER CETTE DÉCOCTION RÉGULIÈREMENT SANS QUE PERSONNE NE S'EN APERÇOIVE.
SI JE ME METS À LA REFUSER D'UN COUP, JE RISQUE D'ÉVEILLER SES SOUPÇONS.
SLUURP
OH, BRAVO !
SHINA, PEUX-TU DÉBARRASSER ?
VIDE
TAC
SHINA
SERVANTE DE HAEWON. ELLE N'APPARAÎT PAS DANS LE LIVRE.
OUI.

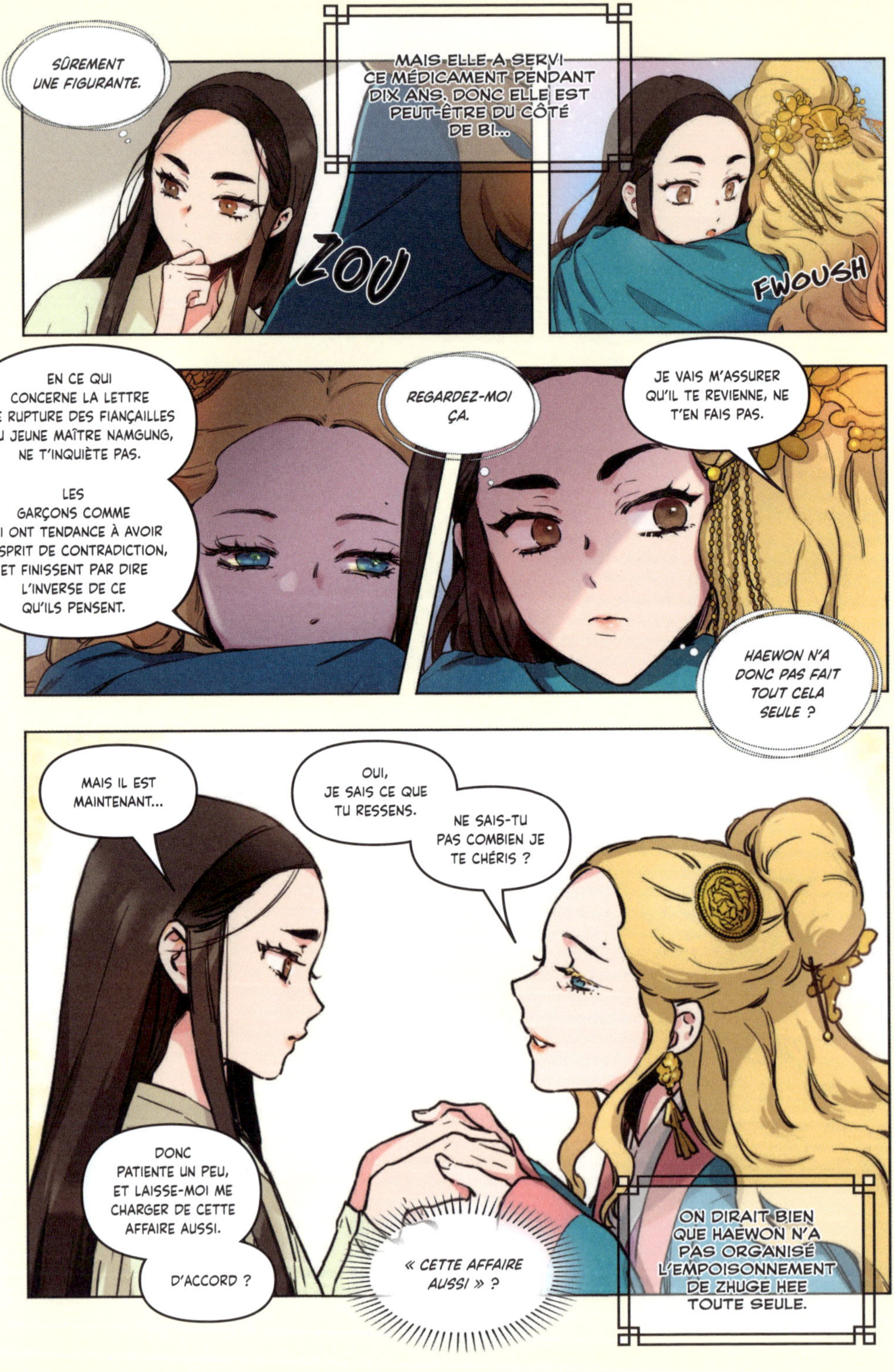
SÛREMENT UNE FIGURANTE.
MAIS ELLE A SERVI CE MÉDICAMENT PENDANT DIX ANS. DONC ELLE EST PEUT-ÊTRE DU CÔTÉ DE BI...
ZOU
FWOUSH
EN CE QUI CONCERNE LA LETTRE DE RUPTURE DES FIANÇAILLES DU JEUNE MAÎTRE NAMGUNG, NE T'INQUIÈTE PAS.
LES GARÇONS COMME LUI ONT TENDANCE À AVOIR L'ESPRIT DE CONTRADICTION, ET FINISSENT PAR DIRE L'INVERSE DE CE QU'ILS PENSENT.
REGARDEZ-MOI ÇA.
JE VAIS M'ASSURER QU'IL TE REVIENNE, NE T'EN FAIS PAS.
HAEWON N'A DONC PAS FAIT TOUT CELA SEULE ?
MAIS IL EST MAINTENANT...
OUI, JE SAIS CE QUE TU RESSENS.
NE SAIS-TU PAS COMBIEN JE TE CHÉRIS ?
DONC PATIENTE UN PEU, ET LAISSE-MOI ME CHARGER DE CETTE AFFAIRE AUSSI.
D'ACCORD ?
« CETTE AFFAIRE AUSSI » ?
ON DIRAIT BIEN QUE HAEWON N'A PAS ORGANISÉ L'EMPOISONNEMENT DE ZHUGE HEE TOUTE SEULE.

BIEN, RETOURNE TE REPOSER.
OUI.
IL Y A DONC UNE PARTIE DE L'HISTOIRE QUI N'EST PAS MONTRÉE DANS LE ROMAN.
SCRRR
QUELLE VIPÈRE...
TAC

LE DERNIER SOUVENIR DE HAEWON...
ÉTAIT LE MOMENT QUI SE SITUE JUSTE AVANT QU'ELLE S'ÉVANOUISSE SOUS L'ÉNERGIE MEURTRIÈRE DE NAMGUNG JIHA, QUI L'AVAIT PRISE LA MAIN DANS LE SAC ALORS QU'ELLE TENTAIT D'EMPOISONNER ZHUGE HEE.

IL A FALLU QUE JE DEVIENNE HAEWON PILE À CETTE PÉRIODE...
C'EST MOI QUI VAIS DEVOIR TOUT ARRANGER...
AAH...
...
DEVAIS-TU VRAIMENT ALLER AUSSI LOIN, HAEWON ?
TU ES FRANCHEMENT INFÂME.
KOF KOF...
BRR

ALORS QUE TU SAVAIS TOUTE LA HAINE QUE TU RECEVRAIS ?
TU ES...
... L'ÊTRE LE PLUS DIABOLIQUE DU MONDE.
JE SUIS...
JE SUIS LA PLUS GRANDE MÉCHANTE DE CE MONDE !!!

MOYONG BI N'EST PAS LE SEUL PROBLÈME.
FFT
À PRÉSENT, TANG HAEWON S'ENGAGE SUR UNE PENTE GLISSANTE QUI CONDUIT À À SA MORT.
SCRRR
FFT
JE DOIS PARTIR D'ICI.

PEUT-ÊTRE... M'ENFUIR ?

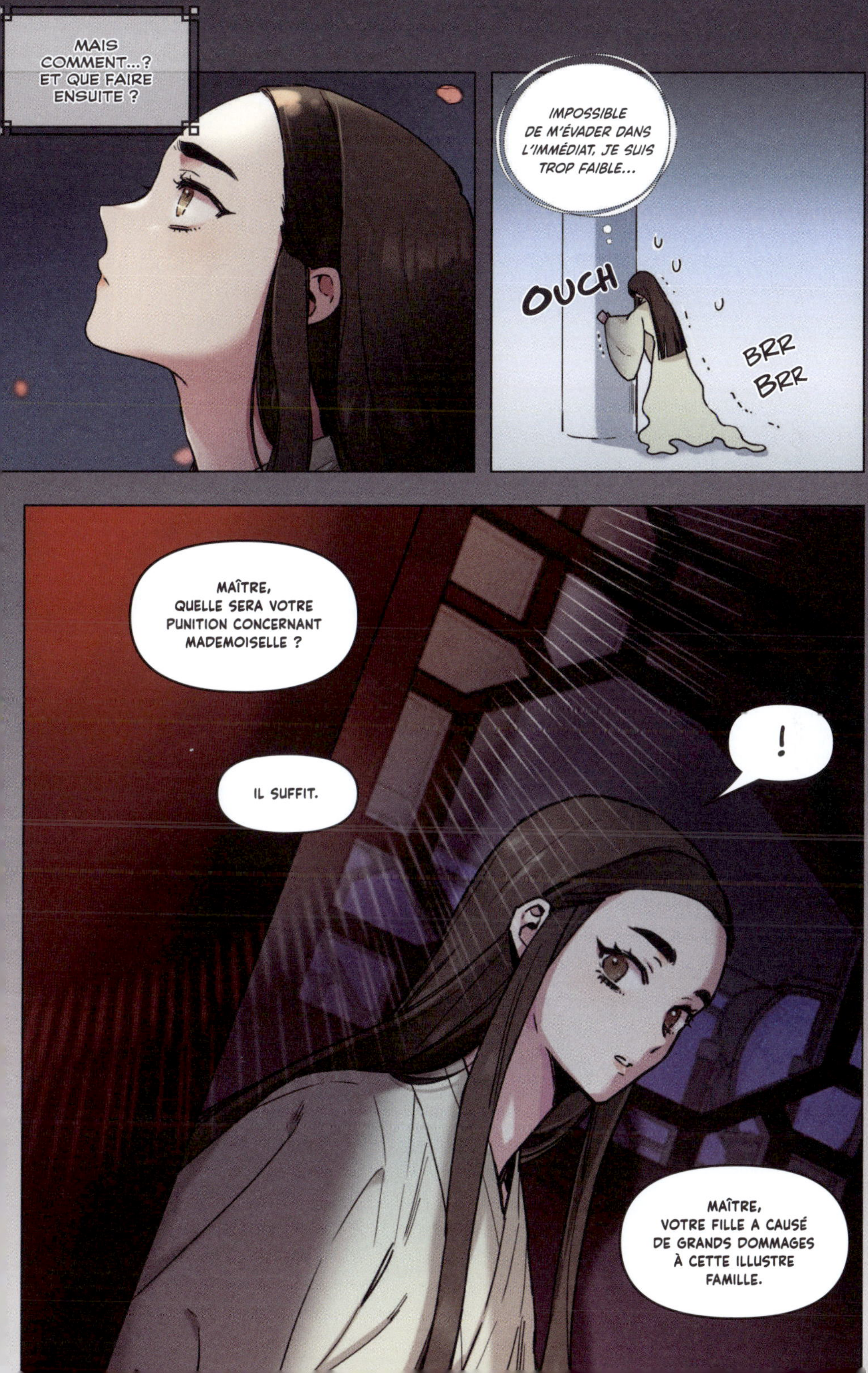
MAIS COMMENT...? ET QUE FAIRE ENSUITE ?
IMPOSSIBLE DE M'ÉVADER DANS L'IMMÉDIAT, JE SUIS TROP FAIBLE...
OUCH
BRR BRR
MAÎTRE, QUELLE SERA VOTRE PUNITION CONCERNANT MADEMOISELLE ?
IL SUFFIT.
!
MAÎTRE, VOTRE FILLE A CAUSÉ DE GRANDS DOMMAGES À CETTE ILLUSTRE FAMILLE.

SI VOUS LAISSEZ PASSER CELA SANS AUCUNE SANCTION...
... JE CRAINS QUE L'ON NE VOIE LE CLAN TANG D'UN MAUVAIS ŒIL À L'AVENIR.
...
CET HOMME...
MAÎTRE, ZHUGE HEE EST LA FILLE PRÉFÉRÉE DU CHEF DE CLAN ZHUGE, ET SA MÈRE VIENT DU CLAN XISHAN.
TANG MUJIN, PÈRE DE HAEWON CHEF DU CLAN TANG DE SACHEON

JE LUI RESSEMBLE TRAIT POUR TRAIT...
MÊME SI LA TENTATIVE DE MEURTRE S'EST SOLDÉE PAR UN ÉCHEC, LE CLAN NAMGUNG A DÉJÀ DÉCIDÉ DE ROMPRE LES FIANÇAILLES.
ET LÀ...
GRAND CONSEILLER JIN
LE GRAND CONSEILLER DU CLAN TANG, LE PLUS FIDÈLE SERVITEUR DE TANG MUJIN
TOUT COMME L'AMITIÉ FORGÉE AVEC LES AUTRES FAMILLES !
LE PROJET D'ÉCOLE D'ARTS MARTIAUX QUE VOUS PLANIFIEZ AVEC EUX EST ANÉANTI...
BAM
BAM
LE MONTANT DE NOS DETTES DE DÉDOMMAGEMENT EST ASTRONOMIQUE !
IL EST DÉJÀ DIFFICILE DE SURVIVRE AVEC UNE DES CINQ GRANDES FAMILLES À DOS...
BAM
MAIS VOTRE FILLE A RÉUSSI À FAIRE DE NOUS LES ENNEMIS DE DEUX D'ENTRE ELLES !!!
OUCH
AÏE
OUCH
MON DIEU...
HAEWON A TOUT FAIT DE TRAVERS...
C'EST VRAI QU'À MES YEUX, ELLE EST LA PLUS GRANDE MÉCHANTE DE CE MONDE.
LAISSE HAEWON TRANQUILLE.
...!

MAIS, MAÎTRE !
NE ME FORCE PAS À ME RÉPÉTER.
ELLE A BEAU ÊTRE UNE FILLE TERRIBLE, SON PÈRE LA CHÉRIT PROFONDÉMENT.
VOUS VOUS EFFACEZ TROP DEVANT MADEMOISELLE !
VOUS NE POUVEZ PAS FEINDRE D'IGNORER SA MAUVAISE RÉPUTATION !
ELLE EST VRAIMENT ALLÉE TROP LOIN, CETTE FOIS !
SACHE QU'AUCUNE SANCTION NE SERA ÉMISE CONTRE HAEWON.
...

FSH
LE POISON ADMINISTRÉ PAR MOYONG BI BLOQUE LES POINTS D'ÉNERGIE DE HAEWON, L'EMPÊCHANT AINSI DE PRATIQUER LES ARTS MARTIAUX.
ARTS MARTIAUX POUR LESQUELS TANG HAEJUN, LE FILS CADET DE MUJIN ET L'HÉRITIER DU CLAN, NE POSSÈDE AUCUN TALENT.
FACE À SES COMPÉTENCES DÉCEVANTES, LES GUERRIERS NOUS QUITTENT UN À UN...
PIOU PIOU...
...
PIOU PIOU...
MÊME DANS UNE FAMILLE QUI COURT À SA RUINE, ET MÊME SI LE MONDE ENTIER LA CRITIQUE...
PIOU PIOU...
ET JE PARIE QUE LES FAMILLES RIVALES TENTERONT DE S'EMPARER DU POUVOIR ET DE BÉNÉFICIER DE L'INFLUENCE DE NOTRE CLAN.

MUJIN EST LE SEUL
À AIMER HAEWON
INCONDITIONNELLEMENT.
PIOU
CLINC !
PEU IMPORTE
QU'ELLE SOIT UNE
FEMME EXÉCRABLE
DANS LE ROMAN...
JE NE SUIS
PAS CETTE
HAEWON !
IL N'Y A DONC
RIEN DE MAL À
CE QUE L'HISTOIRE
DIFFÈRE
LÉGÈREMENT !
LA MÈRE
BIOLOGIQUE DE
HAEWON ÉTAIT
MÉDECIN...

JE ME SOUVIENS DU NOM DE LA PLANTE QU'UTILISAIT NAMGUNG JIHA POUR LIBÉRER L'ÉNERGIE DE SES SUBORDONNÉS DANS LE ROMAN.
VOYONS VOIR... HERBE DE PAGUM, HERBE DE PAGUM...
INUTILE DE DÉSOBSTRUER TOUS MES POINTS D'ÉNERGIE.
IL ME FAUT SIMPLEMENT CONTRER LES EFFETS DU POISON DE MOYONG BI.
... TROUVÉE !
CE QUE J'APPORTE À CETTE HISTOIRE...
N'EST QU'UNE TOUTE PETITE HERBE.
TAC !
BEURK, C'EST SUPER AMER !!!

LE LENDEMAIN MATIN.
NOUS AVONS REÇU UN AUTRE MESSAGE DES CLANS ZHUGE ET NAMGUNG TÔT CE MATIN.
SI NOUS NE RESPECTONS PAS LEURS CONDITIONS, ILS DÉNONCERONT MADEMOISELLE À LA LIGUE DES ARTS MARTIAUX.
UN MEMBRE DU CLAN NAMGUNG DEVRAIT ARRIVER SOUS PEU.
IL EST VENU ANNONCER LA RUPTURE DES FIANÇAILLES LUI-MÊME, N'AYANT PAS EU DE RÉPONSE DE LA PART DE VOTRE FILLE ALORS MOURANTE.

ET HAEWON ?
COMMENT SE PORTE-T-ELLE ?
...
PARDONNEZ-MOI ?
JE N'AI PAS EU DE NOUVELLES DEPUIS QU'ELLE A REPRIS CONSCIENCE.
ELLE DOIT PROBABLEMENT ENCORE SE REPO...
MAÎTRE...
MADEMOISELLE... EST LÀ.
?!
ZOUP
HAEWON ?

PÈRE, PARDONNEZ-MOI DE VOUS AVOIR CAUSÉ TANT DE SOUCIS DURANT TOUTES CES ANNÉES.
HAEWON, QUE FAIS-TU ICI DE SI BON MATIN...?
TU DEVRAIS TE REPOSER...
IL Y A QUELQUE CHOSE DONT JE SOUHAITAIS VOUS PARLER EN PERSONNE.
J'AI CONSCIENCE DES DOMMAGES QUE J' CAUSÉS À NOTRE FAMILLE AINSI QU' VOUS.
J'ACCEPTERAI VOTRE CHÂTIMENT ET FERAI DE MON MIEUX PO RÉPARER LE TORT QUE J'AI FAIT.

MADEMOISELLE...?
MA FILLE... ES-TU ENCORE SOUFFRANTE ?
NON MAIS FRANCHEMENT...!
ALORS QUE J'ESSAIE DE FAIRE UNE BONNE ACTION !
TAC
VOICI TOUT CE QUE JE POSSÈDE.
EN VENDANT CELA, VOUS POURREZ REMBOURSER UNE PARTIE DE LA SOMME DEMANDÉE PAR LE CLAN ZHUGE.
CE N'EST PAS À TOI DE TE SOUCIER DES INDEMNITÉS !
JE LE SAIS. CELA RELÈVE CEPENDANT DE MA RESPONSABILITÉ.
HAEWON...

D'AUTRE PART...
... JE N'ÉPOUSERAI PAS L'HÉRITIER NAMGUNG.
!!!

QUE DITES-VOUS ?!
HEIN ?!
DEPUIS L'ACCIDENT, JE COMPRENDS ENFIN...
... À QUEL POINT CE À QUOI JE M'ACCROCHAIS ÉTAIT ILLUSOIRE.
?!?!?!
C'EST POURQUOI, À PARTIR D'AUJOURD'HUI, JE QUITTE LE DOMAINE FAMILIAL AFIN DE MÉDITER SUR MES ACTES.
À HABUK, DANS MA FAMILLE MATERNELLE...
...
AUJOURD'HUI ? SI HÂTIVEMENT ?
ET OÙ COMPTES-TU TE RENDRE À UN MOMENT PAREIL ?
VOUS PARLEZ DE... LA FAMILLE EON DE JINJU ?

JE VOIS... HAEWON SEMBLE AVOIR BESOIN D'UN PEU DE TEMPS POUR FAIRE LE POINT SUR SES SENTIMENTS ENVERS LE JEUNE NAMGUNG.
PÈRE, JE...
JE NE VEUX PLUS ÊTRE UNE HONTE POUR VOUS NI POUR CETTE FAMILLE !
HAEWON...
GNN
!!!
KOF
KOF
HAEWON !

EH BIEN, QUEL TIMING.
LES ÉNERGIES DU POISON DE MOYONG BI ET DE L'HERBE PAGUM SONT EN TRAIN DE S'AFFRONTER.
JIN, FAIS QUELQUE CHOSE !
OUI, MAÎTRE !

!!!
QU'EST-CE QUE...
IL SEMBLERAIT QU'ON ME PUNISSE... D'AVOIR ATTIRÉ LE DÉSHONNEUR SUR MA FAMILLE...
...
MAÎTRE, NOUS DEVRIONS PRÉPARER LE VOYAGE DE MADEMOISELLE VERS JINJU.
CLING !
HAEWON, NE DIS PAS N'IMPORTE QUOI !!!
!
ENFIN, JIN, QU'EST-CE QUE TU RACONTES ?!

MADEMOISELLE EST ÉPUISÉE ET TRÈS AFFAIBLIE.
IL N'EST PAS SAIN POUR ELLE DE RESTER AU MILIEU DE TOUT CE BRUIT ET CE CHAOS.
ELLE SE RÉTABLIRA CERTAINEMENT MIEUX DANS LE CALME DE JINJU.
FORT BIEN. FAITES EN SORTE QUE TOUT SOIT PRÊT POUR UN DÉPART CET APRÈS-MIDI.
PENDANT CE TEMPS, REPOSE-TOI, HAEWON.
... BIEN, PÈRE. J'Y VAIS.
AURAIT-ELLE MÛRI ?
QUI SAIT...
CES BIJOUX SONT DES FAUX.
J'AI AUTHENTIFIÉ LES MÊMES BIJOUX TRÈS RÉCEMMENT, ALORS COMMENT SE FAIT-IL QUE CEUX-CI SOIENT DES CONTREFAÇONS ?
EN PLUS DE CELA... LES POINTS D'ÉNERGIE DE MADEMOISELLE SONT TOUS BLOQUÉS.
C'EST L'ŒUVRE DE QUELQU'UN... ET CE DEPUIS UN CERTAIN TEMPS...

MAIS DE QUI ? ET POURQUOI... ?
À CAUSE DE HAEWON, TOUT LE MONDE SE PRÉOCCUPAIT DES AFFAIRES EXTÉRIEURES AU CLAN...
PERSONNE N'A REMARQUÉ LES CULTURES D'HERBES VÉNÉNEUSES AU SEIN MÊME DU DOMAINE.
ON DIRAIT QU'IL SE DOUTE DE QUELQUE CHOSE.
JE PARIE QUE CET ENDROIT AURA BEAUCOUP CHANGÉ D'ICI MON RETOUR.

TOUTES LES AFFAIRES DE MADEMOISELLE SONT-ELLES LÀ ?
OUI.
JE CHOISIRAI PERSONNELLEMENT CEUX QUI L'ACCOMPAGNERONT.
CONSEILLER JIN.
MADEMOISELLE !
COMMENT VOUS SENTEZ-VOUS ?
UN PEU MIEUX.
LE MÉDICAMENT QUE MÈRE ME PRÉPARE TOUJOURS SEMBLE FAIRE EFFET.

MÊME SI JE L'AI JETÉ APRÈS AVOIR FAIT SEMBLANT DE LE BOIRE...
COMMENT EST-CE POSSIBLE ?
JE LE PRENDS DEPUIS LONGTEMPS, MAINTENANT.
DE QUEL MÉDICAMENT PARLEZ-VOUS ?
JE N'AI PAS EU VENT DE CELA.
MÈRE M'A DIT QU'IL AIDAIT À FORTIFIER LE CORPS...
MAIS JE NE SAURAIS DIRE EXACTEMENT DE QUOI IL EST COMPOSÉ.
VOUS POUVEZ DEMANDER À SHINA.
ELLES LE PRÉPARENT TOUJOURS TOUTES LES DEUX, DONC ELLE DEVRAIT SAVOIR.
...

JE FERAI CELA.
MONSIEUR LE CONSEILLER.
IL EST ARRIVÉ.
PSST
EMMÈNE-LE DANS LE BUREAU...
... ET VA TOUT DE SUITE PRÉVENIR MAÎTRE TANG.
!!!
LES GENS DE LA FAMILLE NAMGUNG SONT-ILS ARRIVÉS ?

ILS PENSENT SÛREMENT QUE JE M'ACCROCHE ENCORE DÉSESPÉRÉMENT AU JEUNE MAÎTRE, C'EST POUR CELA QU'ILS SURVEILLENT AINSI MES RÉACTIONS.
ZIEUTENT
C'EST COMPRÉHENSIBLE. IL EST DIFFICILE DE ME CROIRE ALORS QUE J'EN SUIS ARRIVÉE À VOULOIR EMPOISONNER SA BIEN-AIMÉE POUR LE GARDER À MES CÔTÉS.
ET ÇA NE CHANGERA PAS, MÊME SI TANG MUJIN LEUR TRANSMET LE DOCUMENT DE RUPTURE DES FIANÇAILLES.
SUR CE, JE VAIS ALLER ME PRÉPARER...
FWIP
DANS CE CAS, JE DOIS M'ENTRETENIR DIRECTEMENT AVEC EUX.
L'ÉMISSAIRE DE LA FAMILLE NAMGUNG EST À L'INTÉRIEUR, N'EST-CE PAS ?
MA-MADEMOISELLE ! ATTENDEZ...
RECULEZ.
J'AIMERAIS DISCUTER EN PERSONNE AVEC VOUS...
VLAM
AVANT QUE NE VOUS SOIT TRANSMIS L'ACCORD DE RUPTURE DES FIAN...
...

AVEC MON INSTINCT DE ROMANCIÈRE, JE PEUX TOUT DE SUITE LE DEVINER.
... ÇAILLES.
CE QUI SIGNIFIE QUE CET HOMME EST...
IL S'AGIT LÀ...
NAMGUNG JIHA...?
NAMGUNG JIHA
HÉRITIER DU CLAN NAMGUNG, PERSONNAGE PRINCIPAL DE CE ROMAN
DE L'ENTRÉE EN SCÈNE DU PERSONNAGE PRINCIPAL !!!
IL EST SI BEAU !
AVEC UN TEL VISAGE, TU M'ÉTONNES QU'ELLE LUI A ÉTÉ DÉVOUÉE PENDANT DIX ANS...!

OÙ SONT DONC PASSÉES VOS BONNES MANIÈRES, MADEMOISELLE TANG ?
HUMPH
CEPENDANT, PEU IMPORTE À QUEL POINT TU ES BEAU ET GRACIEUX...
POUR MOI, TU N'ES RIEN DE PLUS QU'UN COUREUR DE JUPONS.
IL A SEPT ÉPOUSES, APRÈS TOUT...
MADEMOISELLE TANG.
... C'EST RÉPUGNANT...
ENFIN, À CE STADE DE L'HISTOIRE, IL N'EST SÛREMENT PAS ENCORE MARIÉ.
AGIR AINSI NE CHANGERA RIEN.
PFIOU...
PARDON ?
JE NE SAIS PAS CE QUE VOTRE PÈRE VOUS A DIT...
... MAIS JE DOIS VOUS FAIRE SAVOIR QUE NOTRE FAMILLE N'A AUCUNEMENT L'INTENTION DE CONCLURE CE MARIAGE.
QUEL ENFOIRÉ...

VOTRE PÈRE VOUS A PEUT-ÊTRE DIT AUTRE CHOSE, CAR IL VOUS CHÉRIT ÉNORMÉMENT, MAIS...
AH !
SON ATTITUDE M'INSUPPORTE !!!
... PEU IMPORTE CE QUE VOUS FAITES...
D'ACCORD, ROMPONS LES FIANÇAILLES.
EXACTEMENT. IL N'Y A PAS D'AUTRE SOLUTION QUE...
QU'AVEZ-VOUS DIT ?
HEIN ?
J'AI DIT...
D'ACCORD, ROMPONS LES FIANÇAILLES.

...
ÊTES-VOUS SINCÈRE ?
OUI.
...?
J'EN AI DÉJÀ INFORMÉ MON PÈRE.
MAIS COMME PERSONNE NE SEMBLE ME CROIRE, JE VOULAIS SIGNE CE PAPIER EN PERSONNE ET VOUS TRANSMETTRE MA DÉCISION.
FWIP
LE SIGNER VOUS-MÊME...?
VOUS ME FACILITEZ LA TÂCHE EN VENANT ICI.
HOP

MAINTENANT QUE JE VOUS AI FAIT PART DE MA VOLONTÉ, JE PEUX M'EN ALLER.
VOUS POUVEZ BIEN SÛR TERMINER VOTRE THÉ AVANT DE PARTIR.

...
ATTENDEZ !!!
OUI ?
COMMENT PUIS-JE VOUS CROIRE ?!

DOIS-JE ME COUPER LE PETIT DOIGT EN GAGE DE BONNE FOI ?
SI CELA EST NÉCESSAIRE POUR QUE VOUS ME CROYIEZ.
?!
NON, C'EST UN PEU...
J'ESPÈRE QUE CETTE RENCONTRE SERA LA DERNIÈRE.
JE VOUS SOUHAITE UNE LONGUE VIE.
FSSH

TAC
QU'EST-CE QU'IL VIENT DE SE PASSER...?
ELLE ACCEPTE SI FACILEMENT ?

CETTE FILLE QUI, PENDANT DIX LONGUES ANNÉES...
ÉTAIT PRÊTE À TOUT POUR M'AVOIR ?
SHWACK
J'ESPÈRE QUE CETTE RENCONTRE SERA LA DERNIÈRE.
JE VOUS SOUHAITE UNE LONGUE VIE.
QUELQUE CHOSE CLOCHE...

ES-TU SÛRE DE NE PAS VOULOIR VOYAGER EN PALANQUIN ?
OUI, PÈRE.
JE ME SENS BIEN MIEUX APRÈS M'ÊTRE REPOSÉE.
ET J'AI AUSSI ENVIE DE PRENDRE L'AIR, CELA FAISAIT LONGTEMPS.
JE NE SAIS PAS SI C'EST PARCE QUE JE N'AI PAS BU LE POISON DONNÉ PAR BI, OU PARCE QUE J'AI PRIS L'HERBE DE PAGUM...
... MAIS JE SUIS EN BIEN MEILLEURE FORME QU'HIER.

...
SI JE NE PEUX PAS T'AVOIR, PERSONNE NE T'AURA.
ELLE EST DIFFÉRENTE.
CE N'EST PAS LA TANG HAEWON QUE JE CONNAIS.

À BIENTÔT.
TANG HAEWON...
QUE MANIGANCES-TU ?

MADEMOISELLE, CETTE PLANTE EST APPELÉE OXALIS.
UNE FOIS SÉCHÉE, ELLE PEUT ÊTRE CONSOMMÉE SOUS FORME DE THÉ.
AH, JE VOIS.
ET QUEL GOÛT A-T-ELLE ?
ACIDE, TRÈS ACIDE.
NÉANMOINS, ELLE PERMET D'ÉTANCHER LA SOIF RAPIDEMENT.
Y A-T-IL QUELQUE CHOSE QUE TU IGNORES ?
MADEMOISELLE ! EN SELLE !
AH... ÇA IRA, MERCI...

EN JETANT SECRÈTEMENT LE MÉDICAMENT DE MOYONG BI, JE REGAGNE DES FORCES PEU À PEU.
J'AI L'IMPRESSION DE SENTIR QUELQUE CHOSE S'AGITER DANS MON CORPS. LE SANG DES GUERRIERS DOIT AUSSI COULER DANS LES VEINES DE HAEWON.
MADEMOISELLE !
IL N'EST PAS BON DE PARLER AUTANT AVEC CES PERSONNES VULGAIRES !
ET TOI, TE PENSES-TU PLUS NOBLE QU'EUX ?
FSHH
... PARDON ?
TOUT LE MONDE POSSÈDE UNE BOUCHE...
... ET IL N'EXISTE PAS DE DISTINCTION ENTRE LES MOTS VULGAIRES ET LES MOTS NOBLES.

C'EST PLUTÔT TOI QUI DEVRAIS FAIRE ATTENTION À CE QUE TU DIS.
TU VAS AIDER LES AUTRES À PRÉPARER LE REPAS, AUJOURD'HUI.
JE CONCOCTERAI SEULE MON MÉDICAMENT.
MAIS C'EST MOI QUI DOIS LE...
QUELLE DIFFÉRENCE SI JE LE FAIS ?
Y AJOUTES-TU QUELQUE CHOSE DE SPÉCIAL ?
NON ! NON ! BIEN SÛR QUE NON !
C'EST JUSTE QUE...!

INSOLENTE, JE SAIS PERTINEMMENT CE QUE TU ME DONNES À MANGER !
JE SAIS AUSSI QUE TU ESSAIES DE M'ÉLOIGNER DE L'ESCORTE...
... AFIN DE M'ISOLER.
C'EST AGAÇANT.
JE DOIS L'ABANDONNER QUELQUE PART.
MADEMOISELLE !
EN QUITTANT CE SENTIER, NOUS SORTONS DU DOMAINE DU CLAN TANG.
À PARTIR DE MAINTENANT, NOUS POURRIONS ÊTRE CONFRONTÉS À D'AUTRES FAMILLES NOBLES, FAITES PREUVE DE PRUDENCE.
ENTENDU.
YANG BANGSHIK
UN GUERRIER DU CLAN TANG DE SACHEON ET LE COMMANDANT DE L'ESCOUADE D'ESCORTE. JE N'AI PAS D'AUTRE INFORMATION LE CONCERNANT, MAIS IL SEMBLE ÊTRE QUELQU'UN DE BIEN.

PFF...
POURQUOI RIS-TU ?
PARDONNEZ-MOI.
NOUS VOYAGEONS DEPUIS QUELQUES JOURS, ET VOUS AVEZ UNE DRÔLE D'ALLURE.
HA HA !
UNE DRÔLE D'ALLURE ? COMMENT ÇA ?
JE PENSAIS AVOIR L'AIR PLUTÔT NORMALE, AU CONTRAIRE.
C'EST COMME SI LA SPLENDIDE FEMME DU CLAN TANG AVAIT DISPARU...
... LAISSANT PLACE À UNE JEUNE FILLE BATIFOLANT GAIEMENT.
HEIN ?
C'EST VRAI QU'EN TEMPS NORMAL, TANG HAEWON PASSERAIT SON TEMPS À SOIGNER SON APPARENCE... CE DOIT ÊTRE ÉTRANGE POUR EUX DE ME VOIR AINSI.
ET PUIS, ELLE SE MONTRERAIT PROBABLEMENT PLUS SÉVÈRE AVEC SES GENS...

OUIN
OUIN
OUIN
QUEL EST CE BRUIT ?
?
ON DIRAIT... UN BÉBÉ QUI PLEURE ?

UN BÉBÉ QUI PLEURE ? AU CŒUR DES MONTAGNES ?
NOUS PARTONS HERCHER L'ORIGINE DU BRUIT. VOUS, MADEMOISELLE, RESTEZ ICI.
LE SOLEIL SE COUCHE, VOUS PROMENER DANS LA FORÊT POURRAIT SE RÉVÉLER DANGEREUX.
OUIN
J'Y VAIS AUSSI.
FSHH
MADEMOISELLE ! C'EST DANGEREUX ! RESTEZ ICI, COMME LE COMMANDANT VOUS L'A ORDONNÉ !
L'ENFANT EST PEUT-ÊTRE EN PLUS GRAND DANGER QUE MOI.
SI TU AS PEUR, RESTE LÀ.
RAH, MADEMOISELLE !!!
OUIN

OUIN
OUIN
LES PLEURS SEMBLENT PROVENIR DE DERRIÈRE LA CASCADE...
OUIN
OUIN
OUIN
Y A-T-IL QUELQU'UN ?
OUIN
OUIN
LA CAVERNE A L'AIR VIDE...
OUIN

OUIN OUIN OUIN OUIN
!!!
IN-NCROYABLE ! C'EST CETTE PLANTE QUI PLEURE ?!!
OUIN
C'EST IMPOSSIBLE !!!
OUIN
OUIN
QU-QUE DOIS-JE FAIRE ?!?!?!
CHUUUT, LÀ, LÀ, NE PLEURE PAS.
POF POF
TOUT VA BIEN, VOILÀ.

AH, ELLE S'EST ARRÊTÉE.
COMME UN VRAI BÉBÉ...
CHUUU...
OH ?
QUEL TYPE DE RACINE EST-CE LÀ ?
OUAH, ÇA SENT VRAIMENT TRÈS BON...
CE SERAIT UNE SORTE DE GINSENG SAUVAGE ?
MIAM

C'EST...
... C'EST DÉLICIEUX !!!
NOM NOM
MADEMOISELLE !!! MADEMOISELLE !!! OÙ ÊTES-VOUS, MADEMOISELLE ?!
OH ! COMMANDANT YANG ! JE SUIS LÀ, PAR ICI !
AH !!!
JE L'AI TROUVÉE ! CESSEZ LES RECHERCHES !
COMMENT AVEZ-VOUS PU PARTIR COMME CELA, SANS PRÉVENIR PERSONNE ?!!
EX-EXCUSE-MOI...
AH ! AU FAIT !
J'AI TROUVÉ LE BÉBÉ QUI PLEURAIT !
AH OUI ? OÙ EST-IL ?
AH, JE L'AI... MANGÉ...
EUH...
?
VOUS AVEZ MANGÉ LE BÉBÉ ?

NON, NON... CE N'EST PAS ÇA...
HUM...
LE BÉBÉ QUI PLEURAIT... DU GINSENG... DÉLICIEUX...
!
AURIEZ-VOUS, PAR HASARD, MANGÉ UNE POUSSE DE COULEUR INDIGO QUI PLEURAIT COMME UN BÉBÉ ?
HEIN ? OUI...
MAIS POURQUOI... J'AI DES VERTIGES...?
C'EST GRAVE !
MADEMOISELLE, ALLONGEZ-VOUS CONFORTABLEMENT.
QU'EST-CE QUI M'ARRIVE...? J'ÉTOUFFE...

VOUS AVEZ MANGÉ UNE PLANTE QU'ON APPELLE LE « GINSENG DE DIX MILLE ANS ».
DANS DE TRÈS RARES CAS, ELLE AMPLIFIE L'ÉNERGIE CONTENUE DANS LE CORPS...
... AU POINT DE LE FAIRE PRESQUE EXPLOSER, ET IL A FALLU QUE CE SOIT VOUS QUI...
ALORS... N'EST-CE PAS UNE BONNE CHOSE...?
SI, POUR UN GUERRIER CULTIVANT SA FORCE INTÉRIEURE DEPUIS LONGTEMPS.
CEPENDANT, POUR UNE PERSONNE ORDINAIRE, ELLE N'EST RIEN D'AUTRE QUE DU POISON.
COMMENT ? DONC...
AUTREMENT DIT, SI ON NE FAIT RIEN, VOS ORGANES SE TORDRONT...
... ET VOUS MOURREZ.
!!!
HEIN ?!

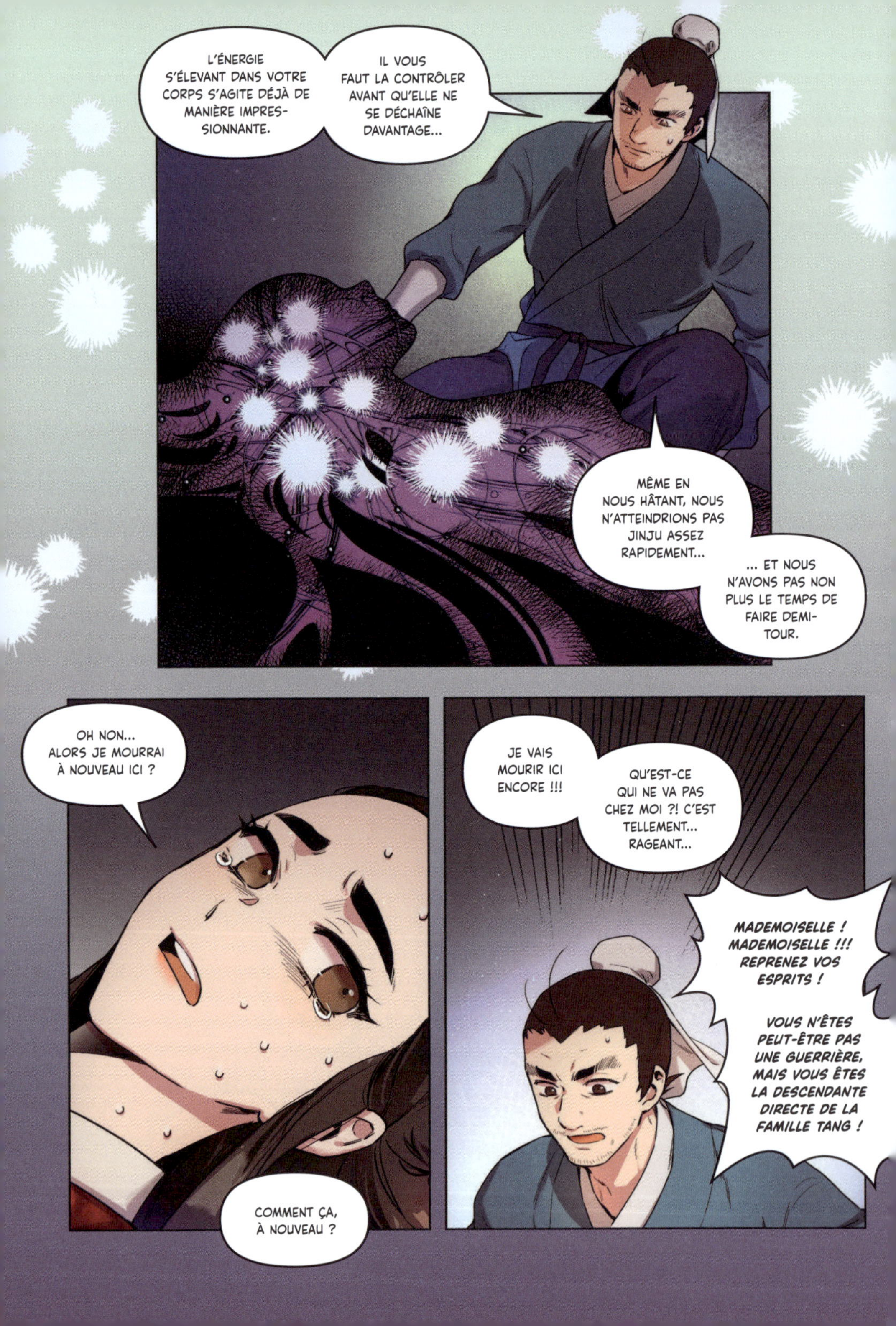
L'ÉNERGIE S'ÉLEVANT DANS VOTRE CORPS S'AGITE DÉJÀ DE MANIÈRE IMPRESSIONNANTE.
IL VOUS FAUT LA CONTRÔLER AVANT QU'ELLE NE SE DÉCHAÎNE DAVANTAGE...
MÊME EN NOUS HÂTANT, NOUS N'ATTEINDRIONS PAS JINJU ASSEZ RAPIDEMENT...
... ET NOUS N'AVONS PAS NON PLUS LE TEMPS DE FAIRE DEMI-TOUR.
OH NON... ALORS JE MOURRAI À NOUVEAU ICI ?
COMMENT ÇA, À NOUVEAU ?
JE VAIS MOURIR ICI ENCORE !!!
QU'EST-CE QUI NE VA PAS CHEZ MOI ?! C'EST TELLEMENT... RAGEANT...
MADEMOISELLE ! MADEMOISELLE !!! REPRENEZ VOS ESPRITS !
VOUS N'ÊTES PEUT-ÊTRE PAS UNE GUERRIÈRE, MAIS VOUS ÊTES LA DESCENDANTE DIRECTE DE LA FAMILLE TANG !

IL VOUS FAUT GÉRER CE FLUX D'ÉNERGIE !
VOUS EN AVEZ LA CAPACITÉ !
KOF
KOF
IMPOSSIBLE... JE N'AI JAMAIS FAIT CE GENRE DE CHOSES AUPARAVANT...
J'AI LE VERTIGE... J'ÉTOUFFE...
MADEMOISELLE, VOUS NE DEVEZ PAS PERDRE CONNAISSANCE !
J'AURAIS DÛ ME CANTONNER À CE QUE JE CONNAIS AU LIEU DE CHANGER DE GENRE...
POURQUOI AVOIR DÉCIDÉ D'ÉCRIRE SUR LES ARTS MARTIAUX...?
KOF
KOF
MADEMOISELLE !!! VOUS DIVAGUEZ !
SIMPLEMENT... MENER UNE VIE ORDINAIRE...
CESSEZ !!!
VOUS ÊTES TOUT SAUF QUELQU'UN D'ORDINAIRE !
!

VOUS ÊTES LE GENRE DE PERSONNE QUI FAIT TOUT SON POSSIBLE POUR ARRIVER À SES FINS !
QUELQU'UN QUI CROIT POUVOIR CHANGER CE QUE LES AUTRES JUGENT IMPOSSIBLE !
VOUS ÊTES UNE FEMME FORTE, MADEMOISELLE !
MAIS JE...
JE NE SUIS PAS TANG HAEWON...
... CEPENDANT, JE VEUX CHANGER CETTE VIE.
PUISQUE DÉSORMAIS, TANG HAEWON EST MOI...
... ET QUE JE SUIS TANG HAEWON.

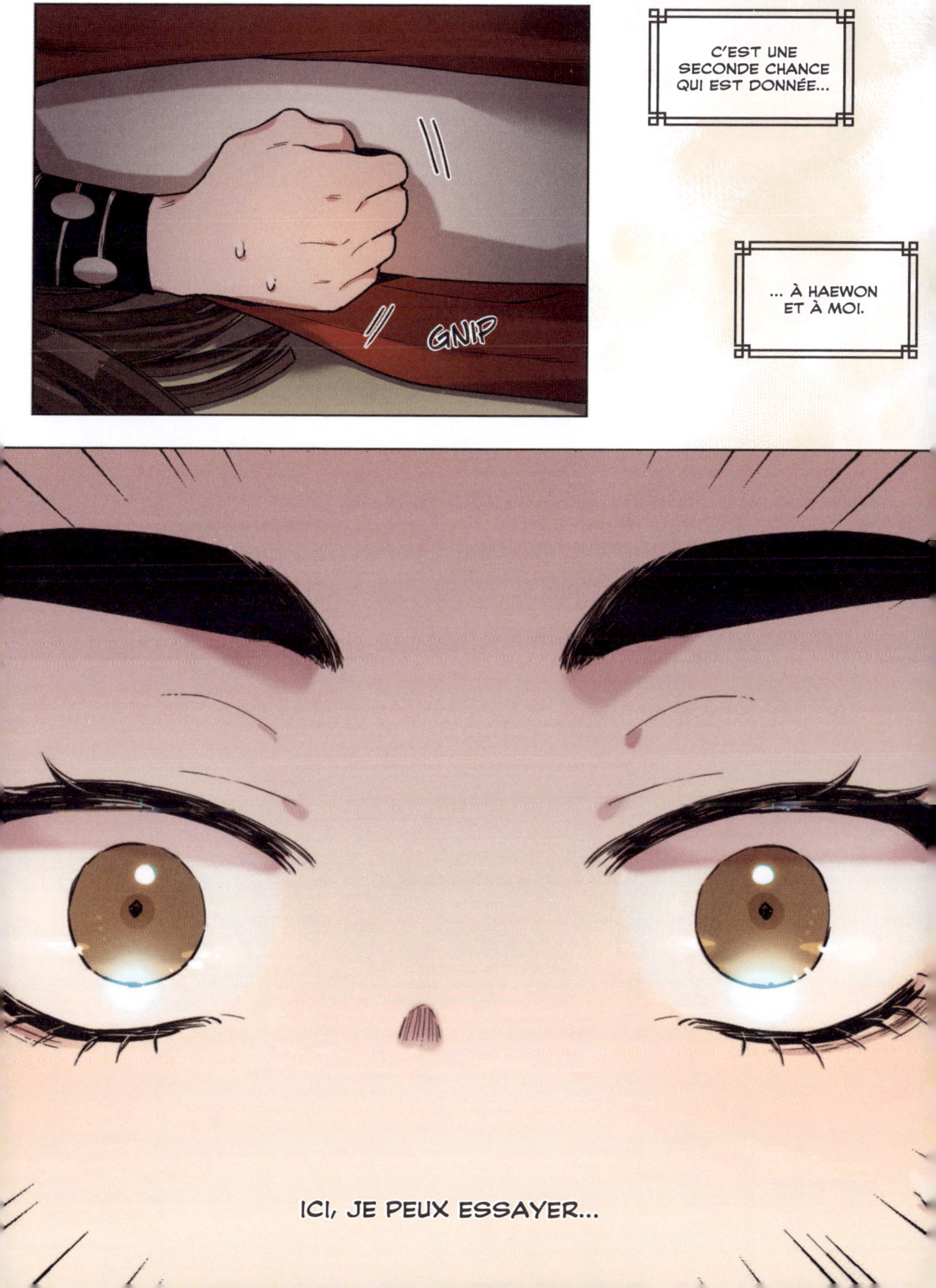
GNIP
C'EST UNE SECONDE CHANCE QUI EST DONNÉE...
... À HAEWON ET À MOI.
ICI, JE PEUX ESSAYER...

... DE DÉFIER LE DESTIN !

MADEMOISELLE N'A PAS PRIS SON INFUSION D'HERBES HIER NON PLUS !
ELLE DOIT ABSOLUMENT LA BOIRE AUJOURD'HUI, VOUS M'ENTENDEZ ?!
ELLE SOUHAITE RESTER SEULE POUR LE MOMENT.
MAIS JE VOUS DIS QUE...
PFIOU... JE PERDS MON TEMPS À ESSAYER DE PARLER AVEC CES TYPES !
CETTE DOMESTIQUE S'APPELLE SHINA, C'EST CELA ?
HUMPH
ARGH
POURQUOI INSISTE-T-ELLE TANT À PROPOS DE CETTE INFUSION ?

COMMANDANT, QUE SE PASSE-T-IL EXACTEMENT ?
JE N'AI PAS PU FERMER L'ŒIL DE LA NUIT À CAUSE DE L'ÉNERGIE QUI ÉMANE DE LA CASCADE, LÀ-BAS.
MADEMOISELLE A AVALÉ DU GINSENG DE DIX MILLE ANS LA NUIT DERNIÈRE.
CHUUT
QUOI ?! MAIS COMMENT... ?!
J'AI FAIT DE MON MIEUX POUR CRÉER UN FLUX AFIN DE LAISSER PASSER TOUTE CETTE ÉNERGIE QUI AFFLUE EN ELLE.
DANS CE CAS...
... LE RESTE NE DÉPEND PLUS QUE D'ELLE.

SHWAAAAAa

J'AI L'IMPRESSION QUE MON SANG CIRCULE À TOUTE VITESSE DANS MON CORPS.
IL CIRCULE SI VITE QUE...
... JE N'ARRIVE PAS À SUIVRE, MÊME EN FAISANT PREUVE D'UNE GRANDE CONCENTRATION.

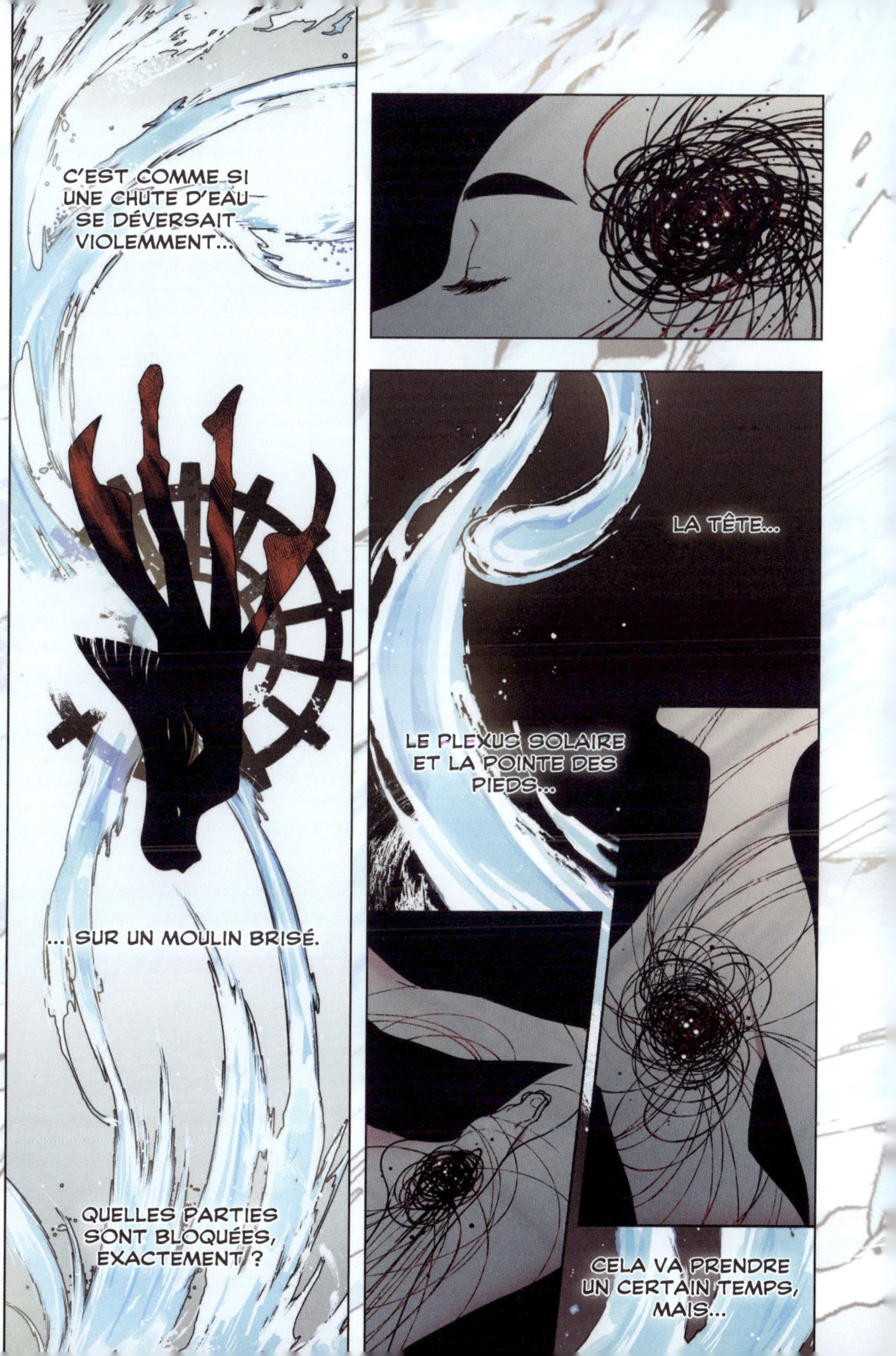
C'EST COMME SI UNE CHUTE D'EAU SE DÉVERSAIT VIOLEMMENT...
... SUR UN MOULIN BRISÉ.
QUELLES PARTIES SONT BLOQUÉES, EXACTEMENT ?
LA TÊTE...
LE PLEXUS SOLAIRE ET LA POINTE DES PIEDS...
CELA VA PRENDRE UN CERTAIN TEMPS, MAIS...

... JE PEUX SENTIR QU'EN M'OCCUPANT UNE À UNE DE CES PARTIES OBSTRUÉES...
... CE FLUX VIOLENT ET RUDE...
... SE TRANSFORME EN UN VENT LÉGER...
... QUI CIRCULE TOUT EN DOUCEUR.

TAC
TAC
!!!
L'ÉNERGIE S'EST ATTÉNUÉE.
EST-CE QUE MADEMOISELLE EST...
...

JE VAIS ALLER JETER UN ŒIL...
TATATATAC
WAAAAAW ! C'EST QUOI ÇAAAA ?!
AAAH !
UNE ATTAQUE DE SANGLIER !!!
UN SANGLIER ! COUREZ !!!

MAIS QUELS CRÉTINS ! COMMENT LES GUERRIERS D'UNE GRANDE FAMILLE PEUVENT-ILS FUIR FACE À UN SIMPLE SANGLI...
HEIN ?
COMMANDAAANT...
J'AI FAIM...
NYUM NYUM
MA-MADEMOISELLE !!!
C'EST MADEMOISELLE ! METTEZ PLUS DE BOIS À BRÛLER, VITE !!!
MA-MADEMOISELLE, TENEZ, DE L'EAU ! BUVEZ UN PEU EN MANGEANT !
EST-CE QUE TOUT VA BIEN, MADEMOISELLE ?! ÊTES-VOUS BLESSÉE ?!
AH LÀ LÀ, MADEMOISEELLE !!!

ELLE EST VENUE DE LA CASCADE JUSQU'ICI SANS SE FAIRE REMARQUER ?
MADEMOISELLE, PERMETTEZ-MOI...
...!
C'EST IMPOSSIBLE...!
EN À PEINE UNE DEMI-JOURNÉE, ELLE A MAÎTRISÉ CETTE QUANTITÉ ÉNORME D'ÉNERGIE ET EN A FAIT SA PROPRE FORCE ?!
MA-MADEMOISELLE, COMMENT AVEZ-VOUS...?
MOI ? AH, ÇA N'A VRAIMENT PAS ÉTÉ FACILE.
COMME TU ME L'AS CONSEILLÉ, JE ME SUIS CONCENTRÉE SUR LA TÊTE, LE PLEXUS ET LA POINTE DES PIEDS.
MAIS QUELQUE CHOSE CONTINUAIT DE BLOQUER LE FLUX.
ET DONC ?
EH BIEN, COMME ÇA PERTURBAIT SANS CESSE LE FLUX, J'AI JUSTE TOUT PERCÉ SANS EXCEPTION.
AH... ÇA M'A DEMANDÉ BEAUCOUP DE FORCE, J'AI BIEN CRU QUE MES VEINES ALLAIENT ÉCLATER.

VOUS VOULEZ DIRE QUE VOUS AVEZ OUVERT L'INTÉGRALITÉ DE VOS DOUZE MÉRIDIENS...?
LES DOUZE MÉRIDIENS ? QU'EST-CE DONC ?
MÊME LES GUERRIERS QUI PRATIQUENT LES ARTS MARTIAUX ONT BESOIN DE DIZAINES D'ANNÉES POUR FAIRE DES DOUZE MÉRIDIENS DES POINTS DE PASSAGE...
MAIS ELLE A FAIT ÇA EN UNE DEMI-JOURNÉE ? COMME SI C'ÉTAIT UN JEU D'ENFANT ?
EXCUSEZ-MOI, MADEMOISELLE...
HEIN ?
WHOOU
!!!
* LES MÉRIDIENS LES PLUS FONDAMENTAUX DANS LE CORPS HUMAIN. ILS SONT TRANSPORTEURS D'ÉNERGIE.

KYAAH !
BOUM
TU AS PERDU LA TÊTE, COMMANDANT ?!
J'ÉTAIS EN TRAIN DE MANGER !!!
VHOOOU

HA !!!
FWIP
!!!
VHOOU

* NDT : LE KI EST L'ÉNERGIE VITALE PRÉSENTE EN CHAQUE ÊTRE VIVANT. DANS LE MONDE DES ARTS MARTIAUX, LES GUERRIERS LE CULTIVENT ET L'UTILISENT LORS DES COMBATS.

VOUS DEVEZ TOUS TAIRE CE QUE VOUS AVEZ VU ET ENTENDU AUJOURD'HUI.
NOUS ALLONS CHEZ LA FAMILLE EON, COMME PRÉVU.
IL VAUT MIEUX GARDER CELA SECRET EN ATTENDANT QUE MADEMOISELLE MAÎTRISE UN PEU PLUS SON ART.
SUR LA ROUTE POUR JINJU, VOUS DEVRIEZ PRATIQUER LES BASES DES ARTS MARTIAUX.
MÊME SI VOUS VOUS ÊTES OCCUPÉE DU FLUX DE VOTRE ÉNERGIE...
... VOUS NE CONTRÔLEZ PAS DU TOUT VOTRE FORCE.
AVEC VOS CAPACITÉS ACTUELLES, VOUS ÊTES COMME UN OURS AFFAMÉ QUI SE PRÉCIPITE DANS UNE RUE MARCHANDE.
SI VOUS RENDEZ VISITE À LA FAMILLE EON DANS CET ÉTAT, ON PENSERA QUE VOUS VENEZ POUR ATTAQUER PLUTÔT QUE POUR VOUS REPOSER.
TU VAS M'ENSEIGNER QUELQUES MOUVEMENTS ?
VOUS ÊTES LA FILLE AÎNÉE DU CLAN TANG. DONC SI VOUS APPRENEZ LES ARTS MARTIAUX, AUTANT COMMENCER PAR LES TECHNIQUES DE NOTRE FAMILLE.
NOUS ARRIVERONS À JINJU D'ICI UN MOIS ENVIRON.
J'AIMERAIS VOUS APPRENDRE LES BASES PENDANT CETTE PÉRIODE.

TRÈS BIEN !
C'EST VRAI.
MAINTENANT QUE JE ME RETROUVE DANS CE GENRE DE MONDE, AUTANT APPRENDRE LES ARTS MARTIAUX.
...
REPOSEZ-VOUS AUJOURD'HUI.
CUIII
CUI
CUI
CUI
POURQUOI IL NE SE MONTRE PAS ?!

CUII
PAF
POC
?!
!
SHINA.
DOUM

NE SERAIT-IL PAS TEMPS D'ARRÊTER TES SOURNOISERIES ?
!!!

MADEMOISELLE, J'AI EU TORT !
PARDONNEZ-MOI !
POUF
VOYONS VOIR CE QUE TU AS ÉCRIT...
« LE COMMANDANT YANG BANGSHIK S'EST COMPLÈTEMENT RALLIÉ À LA CAUSE DE TANG HAEWON. »
« TANG HAEWON AYANT DÉBUTÉ L'APPRENTISSAGE DES ARTS MARTIAUX, IL SERAIT JUDICIEUX D'AGIR AVANT QU'ELLE N'ATTEIGNE SA FAMILLE À JINJU. »
« IL FAUDRAIT VOUS HÂTER DE DÉSIGNER UN HÉRITIER. »
VEU-VEUILLEZ ME PARDONNER, MADEMOISELLE !
JE N'AI FAIT QU'OBÉIR AUX ORDRES DE MADAME !
HMM
TE PARDONNER ? DE QUOI DONC ?
D'AVOIR ÉPIÉ ET RAPPORTÉ MES MOINDRES FAITS ET GESTES À MA BELLE-MÈRE ?
OU BIEN DE M'AVOIR ADMINISTRÉ UN POISON QUI BLOQUE LES POINTS D'ÉNERGIE ?
CO-COMMENT...
BRR BRR
TU PENSAIS QUE JE L'IGNORAIS ?
QUELLE NAÏVETÉ !

É-ÉPARGNEZ-MOI, JE VOUS EN PRIE !!!
J'AI FAUTÉ ! NE ME TUEZ PAS !
ALLEZ-VOUS SIMPLEMENT LA LAISSER VIVRE ?
APRÈS TOUT, ELLE APPARTIENT À LA FAMILLE MOYONG.
L'ÉPARGNER EST TRÈS RISQUÉ.
...
COMMANDANT...
... TU AS PU CONSTATER PAR TOI-MÊME À QUEL POINT J'AI EMPRUNTÉ LA MAUVAISE VOIE CES DERNIÈRES ANNÉES.
EH BIEN...
NE DEVRAIS-JE PAS METTRE CETTE NOUVELLE FORCE AU SERVICE DU BIEN ?
GNIP
...

DANS CE CAS...
... QUEL SORT RÉSERVER À CETTE FILLE FAIBLE ET INSIGNIFIANTE...?
FWIP
... QUI, TOUT EN ÉTANT LA PERSONNE LA PLUS PROCHE DE MOI, M'A TRAHIE ET EMPOISONNÉE PENDANT DIX ANS ?
LES ARTS MARTIAUX DE LA FAMILLE TANG REPOSENT SUR LE POISON ET LES TECHNIQUES DE DISSIMULATION.
OH, VOILÀ QUI EST INTÉRESSANT.
HÉ HÉ !
MADEMOISELLE ! PAR PITIÉ !!!
BOUHOU

COMMANDANT...
LE TEMPS VENU...
... JE M'OCCUPERAI MOI-MÊME DE SON CAS.
SNIF
POUF...
MADEMOI...
LA FAMILLE TANG EST D'ORES ET DÉJÀ EN TRAIN DE S'EFFONDRER.
NE TE MÊLES PAS À DE VAINES QUERELLES FAMILIALES À CAUSE DE CETTE AFFAIRE ET TROUVE TA PROPRE VOIE.

...
MADEMOISELLE !!!
PAF
MOI AUSSI, JE SUIS UN MEMBRE DU CLAN TANG !!!
CO-COMMANDANT, QUE FAIS-TU...?!
JE VOUS EN PRIE, ÉCOUTEZ-MOI.

COMME VOUS LE SAVEZ, J'ENSEIGNE LES ARTS MARTIAUX AU JEUNE HAEJUN DEPUIS DE NOMBREUSES ANNÉES.
CEPENDANT, SAVEZ-VOUS POURQUOI VOTRE PÈRE NE LUI TRANSMET PAS LES TECHNIQUES SECRÈTES ?
EH BIEN, PARCE QUE SA PRATIQUE DES ARTS MARTIAUX EST VRAIMENT MÉDIOCRE...
ALLEZ, RELÈVE-TOI...
CERTES.
D'APPARENCE, VOTRE FRÈRE SEMBLE ÊTRE UN DESCENDANT DIRECT DE LA LIGNÉE TANG...
C'EST UN MEMBRE À PART ENTIÈRE DE LA FAMILLE MOYONG.
CELA REVIENDRAIT À RÉVÉLER NOS TECHNIQUES SECRÈTES AU CLAN MOYONG.
...
OUI, C'EST VRAI...
LA FAMILLE TANG NE TIENT PLUS QU'À UN FIL.

SI MAÎTRE HAEJUN DEVIENT LE CHEF DU CLAN POUR LA SEULE RAISON QU'IL EST UN HOMME...
LES MOYONG SAISIRONT L'OPPORTUNITÉ...
... ET DOMINERONT LE CLAN TANG EN UN CLIN D'ŒIL.
ALORS, ILS LE SAVENT, EUX AUSSI.
JE NE SUIS PAS LA SEULE À LE PENSER...
TOUTEFOIS, UN NOUVEL ESPOIR EST NÉ.
ET C'EST VOUS, MADEMOISELLE.
!!!

JE...
PENSES-TU QUE JE PUISSE ÊTRE À LA HAUTEUR DE LEURS ESPÉRANCES ?
!
FWIP
TOUT COMME NAMGUNG JIHA ?
CEUX QUI ONT DÉJÀ ATTEINT LE SOMMET NE PEUVENT QUE REDESCENDRE...
... MAIS VOUS, MADEMOISELLE, MÊME SI LE CHEMIN À PARCOURIR EST ENCORE LONG, VOUS NE POUVEZ QUE MONTER.
SI CE SONT LÀ LES PREMIERS PAS DE LA VÉRITABLE HÉRITIÈRE DU CLAN TANG DE SACHEON...
... JE PROMETS DE RESTER À SES CÔTÉS, MÊME DANS LA FANGE.

JE TE REMERCIE, COMMANDANT.

UN MOIS PLUS TARD.
FWIP !
FWIP !
MADEMOISELLE, LANCEZ VOS ARMES SUR LES PLANCHES DE BOIS, PAS SUR LES GARDES !
POURQUOI CLOUEZ-VOUS AINSI MES HOMMES AUX ARBRES ?!
KYAAH !
FUYEZ !
N'UTILISEZ PAS IMPRUDEMMENT LES TECHNIQUES DESTRUCTRICES ALORS QUE VOUS NE LES AVEZ PAS ENCORE APPRISES !!!
MADEMOISELLE, PAS LE CANON DE KI ! C'EST TROP DANGE...

BANG !!!
LA VITESSE À LAQUELLE ELLE PROGRESSE EST INCROYABLE...
ELLE S'AMÉLIORE DE JOUR EN JOUR...
KOF KOF
CE N'EST PAS SANS RAISON QUE MOYONG BI SE MÉFIAIT DE TANG HAEWON, AU POINT DE L'EMPOI-SONNER.
ELLE A DÛ S'APERCEVOIR DE SON TALENT TRÈS TÔT.
GLOUPS

PAF
PAF
PAF
PAF !
QUAND LUI AVEZ-VOUS ENSEIGNÉ À SE DÉPLACER AINSI ?
... JE NE L'AI JAMAIS FAIT.
HEIN ?!
VOILÀ HABUK...

À PARTIR DE MAINTENANT, NOUS ALLONS CROISER BEAUCOUP DE MONDE, ALORS JE TE DÉTACHE...
... MAIS PRENDS GARDE, MADEMOISELLE EST BEAUCOUP PLUS RAPIDE ET FORTE QU'AU-PARAVANT.
FFT
ELLE A DIT QU'ELLE TIENDRAIT COMPTE DE TON COMPORTEMENT SI TU FAIS CE QU'ELLE DEMANDE.
!!!
JE-JE VOUS REMERCIE, MADEMOISELLE !!!
J'OBÉIRAI SAGEMENT !!!
MERCI INFINIMENT !
HMM...
ELLE CHANGE DE CAMP BIEN RAPIDEMENT...
MADEMOISELLE, AVANT DE NOUS RENDRE CHEZ LA FAMILLE EON...
... NOUS SÉJOURNERONS DANS UNE PETITE AUBERGE, CETTE NUIT.
?
POURQUOI ? NE POUVONS-NOUS PAS Y ARRIVER D'ICI CE SOIR ?
LÀ N'EST PAS LE PROBLÈME...
SI VOUS VOUS Y RENDEZ APPRÊTÉE AINSI...
CLOP
CLOP
AH...
IL SERAIT PRÉFÉRABLE DE SOIGNER VOTRE APPARENCE.

LÂCHEZ-MOI !
LAISSEZ-MOI
TRANQUILLE !!!
QUELLE
GARCE !
FERME-LA
ET SUIS-MOI
GENTIMENT !!!
LÂCHEZ-MOI
TOUT DE SUITE !!!
AU SECOURS !!!
?

LÂCHEZ-MOI ! LAISSEZ-MOI TRANQUILLE !!!
FERME-LA ET SUIS-MOI GENTIMENT !!!
LÂCHEZ-MOI TOUT DE SUITE !!!
AU SECOURS !!!
QUE SE PASSE-T-IL ?
EH BIEN, LE PÈRE A VENDU SA FILLE POUR REMBOURSER SES DETTES DE JEU.
FWIP
À L'AIDE !!!
À CAUSE DE CE VOYOU DE LA FAMILLE SEOK, ON N'A PLUS AUCUNE FILLE DANS LE VILLAGE.
QUAND L'UNE D'ENTRE ELLES LUI PLAÎT, IL FAIT TOUT CE QU'IL PEUT POUR SE L'ACCAPARER.
DÉJÀ UNE TRENTAINE DE FILLES SONT MORTES ENTRE SES MAINS.
CE PÈRE AUSSI S'EST SÛREMENT ENDETTÉ AU JEU APRÈS S'ÊTRE FAIT EMBOBINER, ET IL A FINI PAR VENDRE SA FILLE.

À L'AIDE !!!
SLAAP
!
IL FAUT TE FRAPPER POUR QUE TU LA FERMES ?
TU PENSES QUE TON JOLI MINOIS TE DONNE LE DROIT D'ÊTRE ARROGANTE ?
EN PLUS D'ALLÉGER VOTRE DETTE, ON TE DONNE LA CHANCE D'ÊTRE CONCUBINE.
CONSIDÈRE ÇA COMME UN HONNEUR DE...
PAF
EUGH !

M-MADEMOISELLE ?!
RAH...
ESPÈCE DE TARÉE...
QUI ES-TU ?!!
TU N'AS PAS BESOIN DE LE SAVOIR.

RÉVÈLE-MOI TON IDENTITÉ ET TON APPARTENANCE IMMÉDIATEMENT !
LÂCHE CETTE ENFANT.
CE TYPE C'EST UN DES HOMMES DE MOYONG BI !
...
EEEH ! PASSEZ-LES TOUS À TABAC !!!
YAAAAAAAAH !
IL S'EST PRÉCIPITÉ ICI APRÈS AVOIR PERDU LE CONTACT... ?
SI MADEMOISELLE PRATIQUE LES ARTS MARTIAUX MAIN-TENANT...

MADEMOISELLE, ÉCARTEZ-VOUS !
RECULEZ TOUS !
AAAAH !!!
A-ATTENDEZ...!
YAAAAAAAH !!!
SHIOUUU
VLASH

...!
PAF
ARGH !
PAF
EUGH !
PAF
NGH !
KOF !
!!!

?!
BORDEL, TROP TARD...!
A-ARRÊTE-TOI LÀ !!!
S-SI TU T'APPROCHES...

VLAAN
BADADAM

SE SURPREND ELLE-MÊME
J'AI PU AVOIR CE RÉSULTAT JUSTE EN UN MOIS D'ENTRAÎ-NEMENT AVEC YANG BANGSHIK... ?!
LE PERSONNAGE DE HAEWON VOIT VRAIMENT SON POTENTIEL GÂCHÉ DANS CETTE HISTOIRE.
F-FUYEZ !!!
FWIP
BROUHAHA
MADEMOISELLE, UN HOMME DE BI VOUS A VUE.
HEIN ?! OÙ ÇA ?!
IL A DISPARU DANS UNE RUELLE.
RATTRAPE-LE, COMMANDANT ! JE VOUS REJOINS VITE !
D'ACCORD !
FSSH

TOI !
FWOP
HIIIIC !!!
ÉCOUTE-MOI BIEN.
SI J'ENTENDS QUE TA FILLE EST RETOURNÉE CHEZ LA FAMILLE SEOK...
... JE TE RETROUVERAI ET TE DÉFIGURERAI ENCORE PLUS QUE CE TYPE.
REMBOURSE TES DETTES TOI-MÊME.
LA VIE DE CETTE ENFANT N'APPARTIENT QU'À ELLE.
VHOU

TA
TA
TA
TA
TAP
SHWACK
!

TIENS TIENS...
JE NE PENSAIS PAS VOIR UN VISAGE FAMILIER ICI.
MAIS POURQUOI ES-TU SI PRESSÉ DE PARTIR ?
FWIP

ON POURRAIT AU MOINS PRENDRE LE TEMPS DE SE SALUER.
H H
PAAF
?

BOUM
C'EST LA FAMILLE MOYONG QUI T'A ENVOYÉ ?!
J-JE NE L'AI MÊME PAS SENTIE S'APPROCHER...
DIS-MOI LA VÉRITÉ !!!
CLAC

BANG
UN FUMIGÈNE !
TROUVEZ-MOI CE TYPE !!!
KOF
KOF
KOF
VHOU

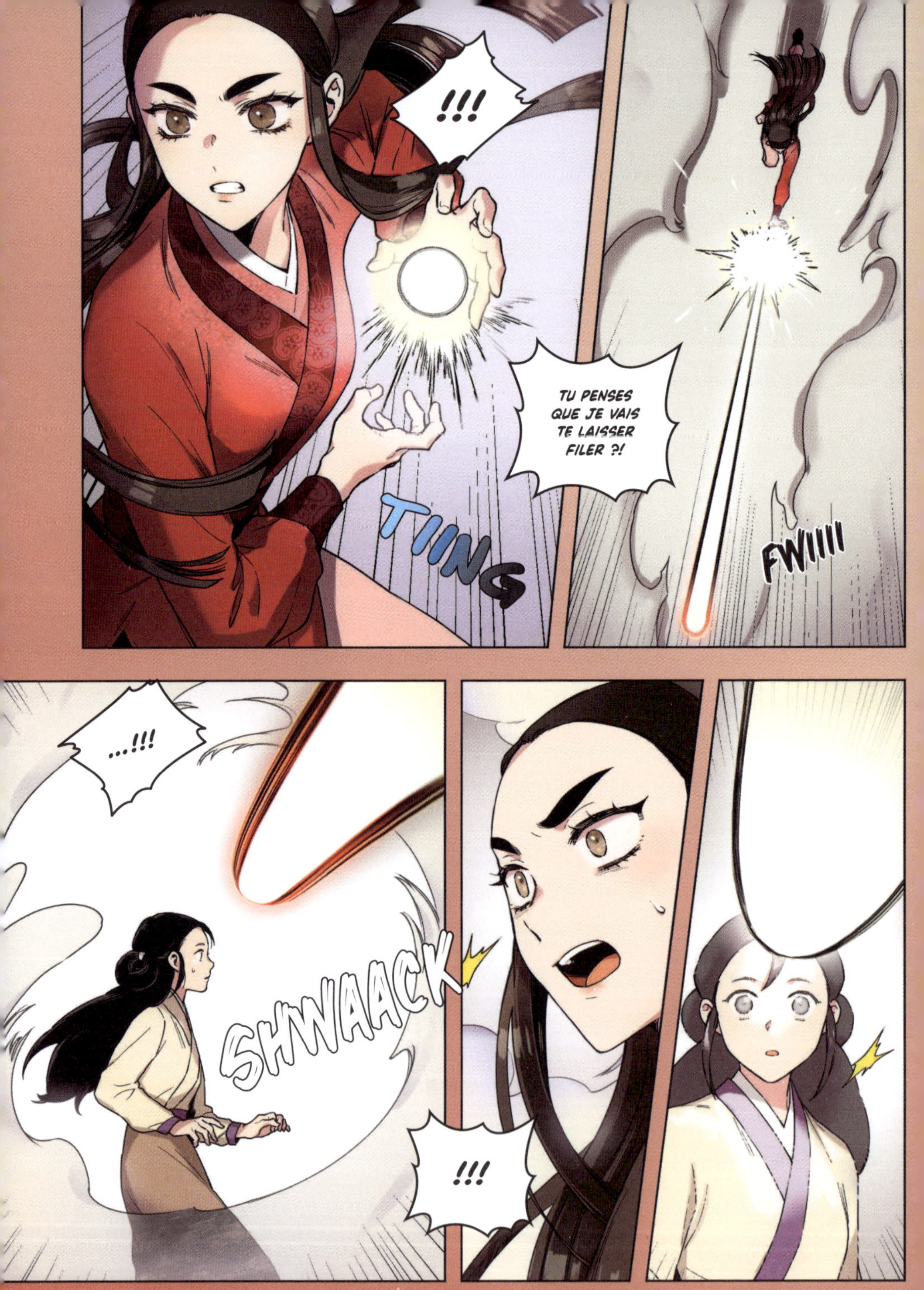
!!!
TIING
TU PENSES QUE JE VAIS TE LAISSER FILER ?!
FWIIIII
...!!!
SHWAACK
!!!

TOC TOC
MADEMOISELLE, C'EST MOI.
ENTRE.

EST-CE RÉGLÉ ?

OUI, J'AI ENTERRÉ SHINA DANS UN ENDROIT ISOLÉ.
JE ME SUIS ÉGALEMENT OCCUPÉ DES HOMMES DE LA FAMILLE MOYONG QUI ÉTAIENT EN FUITE.
BON TRAVAIL. LAISSE-MOI, MAINTENANT.
MADEMOI...
NOUS PARTIRONS POUR JINJU DEMAIN MATIN.
ENTENDU, REPOSEZ-VOUS.

C'ÉTAIT TELLEMENT FACILE.
TROP FACILE...

POUF
AUSSI SIMPLE QUE ÇA...
JE N'AVAIS PAS RÉFLÉCHI AUX RESPONSABILITÉS QU'IMPLIQUE CETTE PUISSANCE.
J'ÉTAIS SIMPLEMENT EXCITÉE À L'IDÉE DE DÉTENIR CES NOUVEAUX POUVOIRS.

MAIS À L'AVENIR, IL Y AURA BEAUCOUP D'AUTRES SITUATIONS COMME CELLE-CI.
SAURAI-JE UTILISER CETTE FORCE À BON ESCIENT ?
PUISQUE C'EST UN MONDE DANS LEQUEL SI JE NE TUE PAS...
... C'EST MOI QUI ME FAIS TUER.
L'ESPOIR QU'ILS ONT PLACÉ EN MOI SERA-T-IL DÉÇU ?
PUIS-JE VRAIMENT...
... VIVRE AINSI LA VIE DE TANG HAEWON ?
J'AI PEUR...

TOC TOC
COMMANDANT, JE SOUHAITERAIS ME REPOSER.
MADEMOISELLE...
SHI-SHINA ?

TU...
FWIP
PARDONNEZ-MOI DE VOUS DÉRANGER AU BEAU MILIEU DE LA NUIT.
COMMENT AS-TU TROUVÉ...
J'AI DEMANDÉ AUX VILLAGEOIS...
C'EST VRAI QUE, AU VU DE L'AGITATION QUE J'AI PROVOQUÉE AUJOURD'HUI, TOUT LE MONDE DOIT SAVOIR QUI JE SUIS.
JE VOIS. QUE PUIS-JE FAIRE POUR TOI ?
VOUS ÊTES LA SEULE PERSONNE À AVOIR SAUVÉ MON INSIGNIFIANTE VIE.

SI J'AVAIS ÉTÉ VENDUE LÀ-BAS, APRÈS AVOIR SOUFFERT...
... J'AURAIS MIS FIN À MES JOURS.
QUICONQUE DEVIENT UNE CONCUBINE DE MAÎTRE SEOK...
... NE PEUT QUITTER LA MAISON QUE LES PIEDS DEVANT.
IL EST PROFONDÉMENT MAUVAIS...
C'EST POURQUOI MA VIE EST DÉJÀ VÔTRE...
... J'AIMERAIS QUE VOUS DEVENIEZ MON MAÎTRE.
HEIN ?

JE SAIS QUE C'EST UNE DEMANDE IMPUDENTE QUI N'EST PAS DIGNE DE LA GRÂCE QUE VOUS M'AVEZ FAITE...
... MAIS JE VOUS EN PRIE, EMMENEZ-MOI AVEC VOUS.
EUH...
M-MAIS JE...
!!!
QU'EST-CE QUE TU... RE-RELÈVE-TOI !
VOUS L'AVEZ SÛREMENT VU AUJOURD'HUI, MADEMOISELLE.
J'AI TRAVAILLÉ DUR POUR REMBOURSER LES DETTES DE MON PÈRE...
... ET MÊME LES GENS QUE J'AI CONNUS TOUTE MA VIE...

... N'ONT PAS BOUGÉ D'UN POUCE QUAND JE ME FAISAIS EMMENER.
EH BIEN...
JE NE LES BLÂME PAS.
J'AI COMPRIS LA RAISON POUR LAQUELLE VOUS AVEZ PU INTERVENIR POUR MOI.
J'AI VU QUE... VOUS POSSÉDIEZ QUELQUE CHOSE DE PLUS QUE LES AUTRES.
ET QU'EST-CE DONC ?
LE POUVOIR DE... TUER QUELQU'UN ?
LA FORCE D'INCARNER LE COURAGE DU CŒUR.

!!!
JE VEUX DEVENIR FORTE COMME VOUS !
ET MÊME SI JE N'Y ARRIVE PAS...
... JE VEUX VOUS SERVIR ET APPORTER NE SERAIT-CE QU'UN PEU D'AIDE POUR GÉRER VOTRE FORCE.

FFT

!!!
J'ENTENDS CE QUE TU DIS.
FFT
CEPENDANT, J'IGNORE SI JE TE MÈNERAI SUR LE BON CHEMIN...
... OU BIEN DROIT EN ENFER.
SACHANT CELA, VEUX-TU TOUJOURS ME SUIVRE ?
... OUI.

ENTRE.
QUEL EST TON NOM ?
JE M'APPELLE SOYE.
SOYE...
JIN SOYE, MADEMOISELLE.
JIN SOYE ?
OUI.

ATTENDS, ATTENDS... JIN SOYE ?
LA « GUERRIÈRE DE NAMGUNG JIHA » ?
LA « CHEFFE DE LA TOUR DES DIEUX ».
?!?!
LA SOLDATE QUI A LE PLUS CONTRIBUÉ À L'ASCENSION DE NAMGUNG JIHA AU RANG DE CHEF DES GUERRIERS DES ARTS MARTIAUX ???
DANS LE ROMAN, NAMGUNG JIHA LA RENCONTRE POUR LA PREMIÈRE FOIS DANS UNE MAISON DE PASSE LORS-QU'ELLE A DÉJÀ PLUS D'UNE VINGTAINE D'ANNÉES.
ATTENDS, MONTRE-MOI TON PIED.
FSHH
HEIN ? QU-QUE FAITES...

JIN SOYE POSSÈDE UNE CICATRICE DE BRÛLURE SUR LA JAMBE DEPUIS SON ENFANCE.
!!!
OUI... C'EST BIEN ELLE !
GLOUPS
LA SOYE DE NAMGUNG JIHA EST VENUE À MOI...
... ET AVEC DIX ANS D'AVANCE...
C'EST FANTASTIQUE !
?
?

MADEMOISELLE, TOURNEZ-VOUS DE CE CÔTÉ.
SOYE, TU ES MA SUBORDONNÉE, PAS MA SERVANTE.
HUMPH... VOILÀ !
LA FAMEUSE JIN SOYE, CELLE QUI A TOUJOURS FAIT PREUVE D'UNE LUCIDITÉ SANS FAILLE ET D'UNE GRANDE INTELLIGENCE...
CELLE QUI A GRANDEMENT CONTRIBUÉ À REPOUSSER LA SECTE DÉMONIAQUE, ET À ÉLIMINER LES ORGANISATIONS MALVEILLANTES QUI MENAÇAIENT LES GRANDS CLANS...
TU N'ES PAS OBLIGÉE DE FAIRE ÇA.
ET TU PEUX AUSSI ARRÊTER DE M'APPELER « MADE-MOISELLE ».
...
DANS CE CAS... « MAÎTRESSE » ?
C'EST ENCORE PIRE...
FWIIP
CETTE MÊME JIN SOYE VEUT ÊTRE À MON SERVICE ?

JE PEUX FAIRE TOUT CE QUE VOUS ME DEMANDEREZ !
WOUSH
JE PEUX MÊME ÊTRE PORTEUSE, J'AI DE LA FORCE !
LA CUISINE, LA COUTURE, LE MÉNAGE... JE SUIS DOUÉE EN TOUT !
C'EST COMME SI JE VOLAIS UNE DES PLUS GRANDES ACOLYTES DE JIHA...!
JUSQU'ICI, C'EST TON PÈRE QUI CONTRÔLAIT TA VIE.
NE VEUX-TU PAS COMMENCER À VIVRE POUR TOI ?
LA CUISINE, LA COUTURE, LE MÉNAGE... TU ES CAPABLE DE CHOSES BIEN PLUS GRANDES QUE CELA.
OUI, JE VAIS VIVRE MA PROPRE VIE.
À VOS CÔTÉS, MADEMOISELLE.
SI SOYE EST À MES CÔTÉS, DEVIENDRA-T-IL IMPOSSIBLE POUR JIHA DE REPOUSSER LA SECTE DÉMONIAQUE DANS LE FUTUR ?

AAAH, ELLE EST AUSSI ADORABLE QUE FIABLE !!!
BADOUM
SI C'EST CE QUE TU VEUX...
D'ACCORD.
OUI !
SI J'ÉTAIS LA MÉCHANTE HAEWON...
... CETTE ENFANT N'AURAIT SÛREMENT PAS EU UNE TELLE OPPORTUNITÉ.
MADEMOISELLE, NOUS SOMMES PRÊTS À PARTIR.
QUOI ? DÉJÀ ?

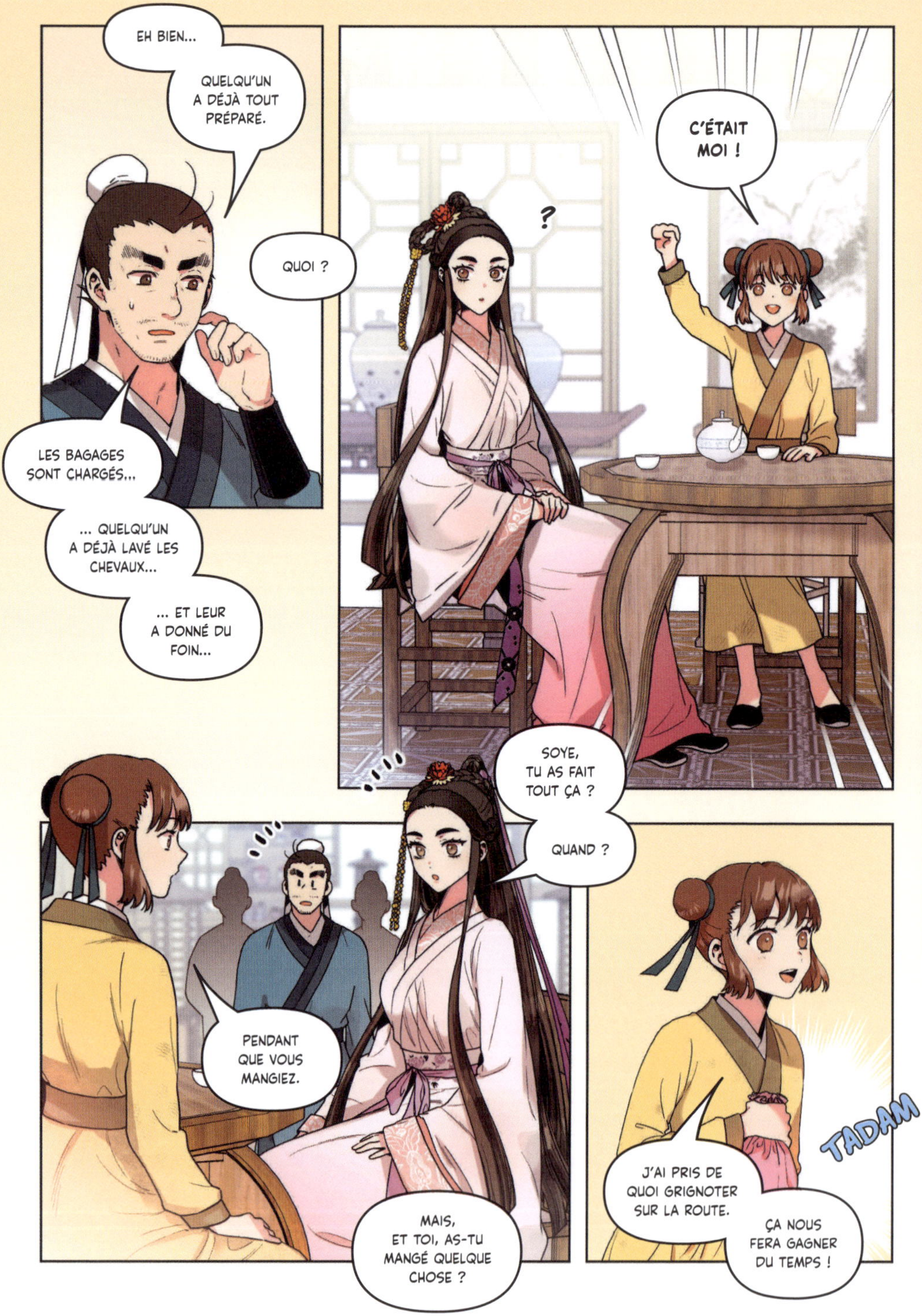
EH BIEN...
QUELQU'UN A DÉJÀ TOUT PRÉPARÉ.
QUOI ?
LES BAGAGES SONT CHARGÉS...
... QUELQU'UN A DÉJÀ LAVÉ LES CHEVAUX...
... ET LEUR A DONNÉ DU FOIN...
?
C'ÉTAIT MOI !
SOYE, TU AS FAIT TOUT ÇA ?
QUAND ?
PENDANT QUE VOUS MANGIEZ.
MAIS, ET TOI, AS-TU MANGÉ QUELQUE CHOSE ?
TADAM
J'AI PRIS DE QUOI GRIGNOTER SUR LA ROUTE.
ÇA NOUS FERA GAGNER DU TEMPS !

AH... ELLE EST BRILLANTE ! JE LE SAVAIS !
HO HO
CLAP CLAP CLAP
...
AU FAIT, MADEMOISELLE, DANS CETTE TENUE...
... VOUS RESSEMBLEZ BIEN PLUS À UNE NOBLE.
HÉ HÉ, VRAIMENT ?
FWIP
AH, ET VOICI LES VÊTEMENTS QUE VOUS NOUS AVEZ DEMANDÉS.

JE VOIS, MERCI. SOYE, TIENS.
QUE DOIS-JE EN FAIRE, MADEMOISELLE ?
J'AI DÉJÀ PRÉPARÉ VOTRE BALUCHON DE VÊTEMENTS. DOIS-JE TOUT EMBALLER DE NOUVEAU ?
ESSAIE-LES.
PARDON ?!
CES VÊTEMENTS SONT À TOI.
HEEEIN ?!
QUOI ?!

DE LA SOIE DE CETTE QUALITÉ... COMMENT POURRAIS-JE LA PORTER ?
SLUURP
CE N'EST PAS GRAND-CHOSE.
ET PUIS, TU ES MA SUBORDONNÉE. IL NE FAUDRAIT PAS QUE TU M'EMBARRASSES.
...
SOYE ?
Q-QU'EST-CE QUE... ?!
POURQUOI PLEURES-TU ?!
PLOC PLOC

J-JE NE VOULAIS PAS DIRE QUE J'AI HONTE DE TOI...
C'EST QUE TU N'ÉTAIS PAS TRÈS SOIGNÉE...
AH, NON... JE VEUX DIRE...
SNIF
SNIF
JE NE VOULAIS PAS TE FAIRE PLEURER...
SNIF
HIIC
DÉ-DÉSOLÉE... JE SUIS TELLEMENT HEUREUSE...
HUMPH
JE N'AI JAMAIS PORTÉ... HUMPH... D'AUSSI BEAUX HABITS...
HIIC
LÀ, LÀ... CALME-TOI...
AH LÀ LÀ, C'ÉTAIT DONC ÇA ? SOURIS SI TU ES HEUREUSE, POURQUOI PLEURER ?
A-ALLEZ, SÈCHE CES LARMES.

ET-ET POURQUOI VOUS PLEUREZ, VOUS ?!
SNIF SNIF
NOTRE DEMOISELLE A GRANDI ET SAIT MÊME COMMENT AIDER LES AUTRES MAINTENANT...
REGARDEZ-LA PRENDRE SOIN D'UNE JEUNE ENFANT...
AAH... SI NOTRE MAÎTRE POUVAIT VOIR ÇA...
TAI-TAISEZ-VOUS TOUS !!!

CLAN EON, DE JINJU
HAEWON, TE VOILÀ.
EON SARYONG
LE POING TRANSCENDANT, CHEF ACTUEL DU CLAN EON GRAND-PÈRE MATERNEL DE TANG HAEWON
GRAND-PÈRE.
TU AS FAIT UN LONG VOYAGE, J'ESPÈRE QUE ÇA N'A PAS ÉTÉ TROP ÉPROUVANT.
JE NE T'AI PAS VUE DEPUIS SI LONGTEMPS.

DEPUIS SEPT ANS.
EN EFFET, LE TEMPS PASSE TROP VITE.
TU ÉTAIS SI PETITE À L'ÉPOQUE, MAIS REGARDE-TOI MAINTENANT. TU AS TANT GRANDI...
TU RESSEMBLES DE PLUS EN PLUS À SEOYEON, TA MÈRE.
AH, C'EST VRAI !
J'AIMERAIS TE PRÉSENTER QUELQU'UN.
GUNWOO !

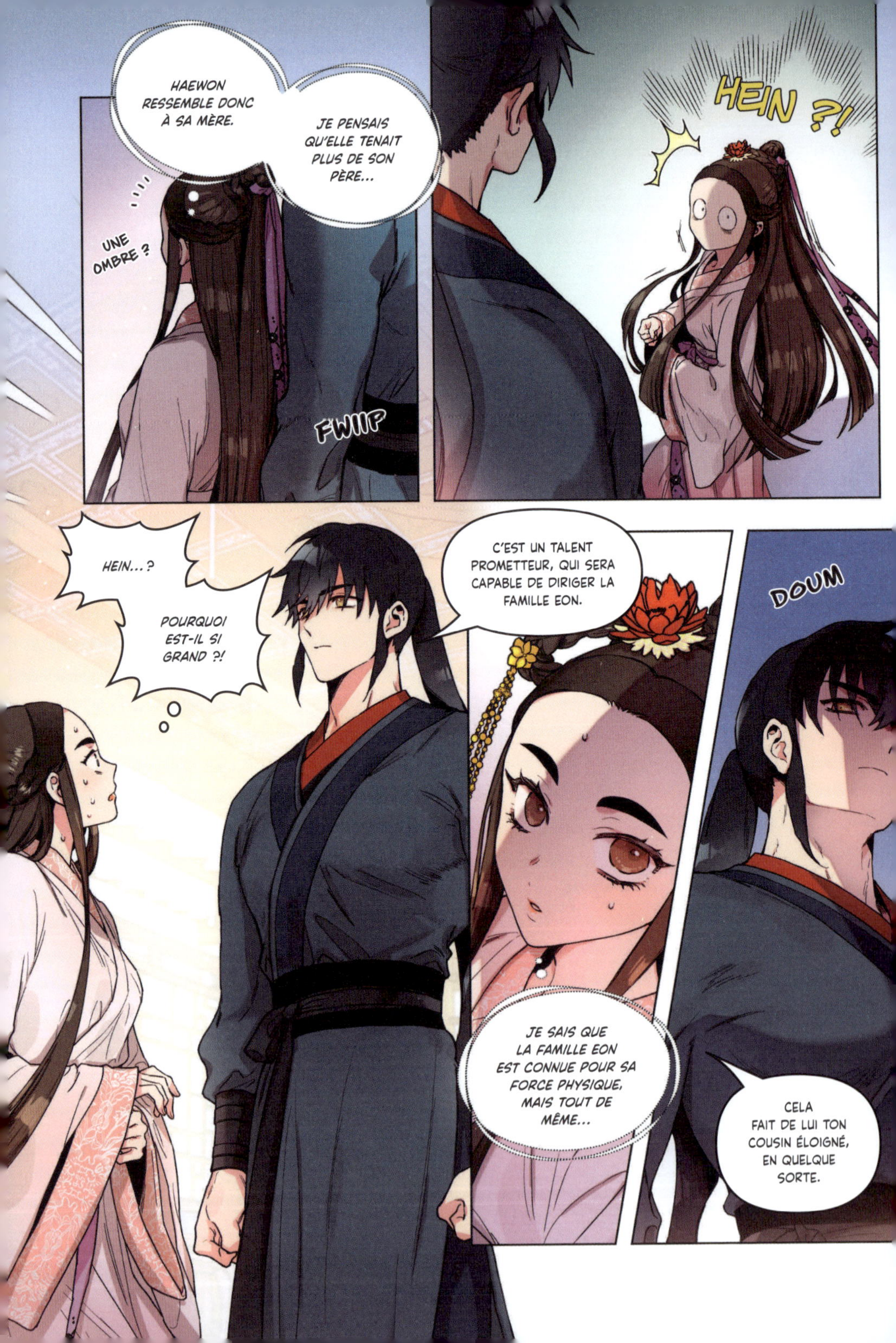
HAEWON RESSEMBLE DONC À SA MÈRE.
JE PENSAIS QU'ELLE TENAIT PLUS DE SON PÈRE...
UNE OMBRE ?
FWIIP
HEIN ?!
HEIN... ?
POURQUOI EST-IL SI GRAND ?!
C'EST UN TALENT PROMETTEUR, QUI SERA CAPABLE DE DIRIGER LA FAMILLE EON.
DOUM
JE SAIS QUE LA FAMILLE EON EST CONNUE POUR SA FORCE PHYSIQUE, MAIS TOUT DE MÊME...
CELA FAIT DE LUI TON COUSIN ÉLOIGNÉ, EN QUELQUE SORTE.

WOUSH
...
GUNWOO, QUE FAIS-TU ?
SALUE-LA DONC !
AH, OUI !
CETTE RENCONTRE NE SEMBLE PAS LE RAVIR...
IL A SÛREMENT EU VENT DE MA MAUVAISE RÉPUTATION.
FWIP
TANG HAEWON, ENCHANTÉE.

HMM...
...
« HMM » ? IL A OUBLIÉ LES BONNES MANIÈRES...
AH... EO-EON GUNWOO, ENCHANTÉ.
FWIP
JE N'AI JAMAIS ENTENDU CE NOM...
PAS MÊME DANS LES PERSONNAGES SECONDAIRES.
ENFIN, PAS ÉTONNANT. DANS LE ROMAN, LE CLAN EON EST JUSTE MENTIONNÉ BRIÈVEMENT AVEC LES ORIGINES DE HAEWON...
SUR CE, JE ME RETIRE.
DÉJÀ ? VOUS N'AVEZ MÊME PAS DISCUTÉ...
IL NE M'AIME VRAIMENT PAS...

MAIS, TOUT DE MÊME, UN TEL PHYSIQUE NE S'OUBLIE PAS FACILEMENT.
PARMI LES SOUVENIRS DE HAEWON...
BAM
!!!
MAIS QUOI ?!
TATATAC
PFWIIII
GUNWOO !!!
EST-CE QUE ÇA...

J-J-JE VAIS BIEN !
TATATAC
EXCUSE-LE, IL EST DÉJÀ ASSEZ MALADROIT...
... ET IL EST VRAI QUE LE PLAFOND ICI EST TROP BAS POUR LUI.
QU'EST-CE QUI LUI PREND ?
C'EST PARCE QU'IL ME DÉTESTE AUTANT QU'IL SE DÉROBE COMME ÇA ?
ÇA A COGNÉ VRAIMENT FORT. EST-CE QU'IL VA BIEN...?

À L'AUBE, VALLÉE PRÈS DU DOMAINE DE LA FAMILLE EON DE JINJU
HMM...
QUELQUE CHOSE VOUS TRACASSE ?
KOF KOF

GUNWOO NE SEMBLE VRAIMENT PAS M'APPRECIER...
... QU'AI-JE FAIT DE MAL ?
FAITES-VOUS RÉFÉRENCE AU JEUNE HOMME ISSU D'UNE BRANCHE DE VOTRE FAMILLE ?
GRAND-PÈRE DIT QUE NOUS NOUS SOMMES DÉJÀ CROISÉS UNE OU DEUX FOIS...
... MAIS JE N'EN AI AUCUN SOUVENIR...
SON FRONT ÉTAIT TRÈS GONFLÉ, VOUS NE L'AURIEZ PAS FRAPPÉ, N'EST-CE PAS ?
PARDON ?!
AH, EXCUSEZ-MOI...
ARGH !
COMMENT POURRIEZ-VOUS VOUS SOUVENIR DE LUI ?
VOUS ÉTIEZ TROP OCCUPÉE À COURIR APRÈS NAMGUNG JIHA.
AH... OUI, EN EFFET...
IL N'Y AVAIT PAS DE CANDIDAT SATISFAISANT POUR DEVENIR L'HÉRITIER DE LA FAMILLE EON, GUNWOO A DONC ÉTÉ DÉSIGNÉ COMME SUCCESSEUR...
... MAIS C'EST UN JEUNE HOMME TRÈS TALENTUEUX, À TEL POINT QU'IL A REMPORTÉ LE GRAND TOURNOI DES GUERRIERS.
C'EST UN ADVERSAIRE À NE PAS SOUS-ESTIMER.

AU FAIT, ET SOYE ?
ELLE QUI EST TOUJOURS SUR VOS TALONS, D'HABITUDE...
AH, ELLE SOUHAITAIT VOIR QUELQUE CHOSE DANS LA BIBLIOTHÈQUE, JE L'AI LAISSÉE LÀ-BAS.
OH...
ELLE SAIT MÊME LIRE ?
ELLE EST ENCORE JEUNE, MAIS...
... IL NE FAUT PAS SOUS-ESTIMER CETTE ENFANT NON PLUS.
QUOI QU'IL EN SOIT, SI LE CHEF DES EON A FAIT VENIR L'HÉRITIER GUNWOO ...
... TOUT SPÉCIALEMENT POUR VOUS LE FAIRE RENCONTRER...
HMM...

QUE DIS-TU ?
... ET QU'IL A EU VENT DE LA RUPTURE DE VOS FIANÇAILLES AVEC NAMGUNG JIHA...
?
?
?
OUI ?
HAEWON ! J'AI MAL AUX JAMBES, ALORS J'AI DEMANDÉ À GUNWOO DE TE FAIRE LA VISITE. FAIS ATTENTION CAR LE DOMAINE EST GRAND, IL EST FACILE DE SE PERDRE.
DE CE CÔTÉ, LA GRANDE PORTE...
JE LE SAVAIS DÉJÀ, ÇA...
D-DANS CE CAS JE VAIS Y ALL...
BOUM
AÏE

HAEWON !
POURRAIS-TU ALLER TE PROMENER ET FAIRE UNE COURSE AVEC GUNWOO ?
GLOU GLOU...
HMPF
!!!

ZOUP !
BADA BOUM !
HAEWON ! S'IL TE PLAÎT...
BAM !
HAEWON !
PAF !
BOUM !
HAEWON...
CRAC

POUF
CHHH
...
BRR
IL EST SOURNOIS, LE GRAND-PÈRE.
PLOC
AH, DU SANG...
NE-NE...
N'APPROCHEZ PAS !!!

A-ARRÊT...
CALMEZ-VOUS.
BIEN, PENCHEZ VOTRE TÊTE VERS L'AVANT...
RESTEZ COMME CELA UN INSTANT.

PLOC
PLOC
...
À LE VOIR SI TRANQUILLE...
... IL NE ME DÉTESTE PEUT-ÊTRE PAS TANT QUE ÇA ?
CESSEZ DE TRANSPIRER.
VEU-VEUILLEZ M'EXCUSER.
EH BIEN...
IL A UN CÔTÉ MIGNON.

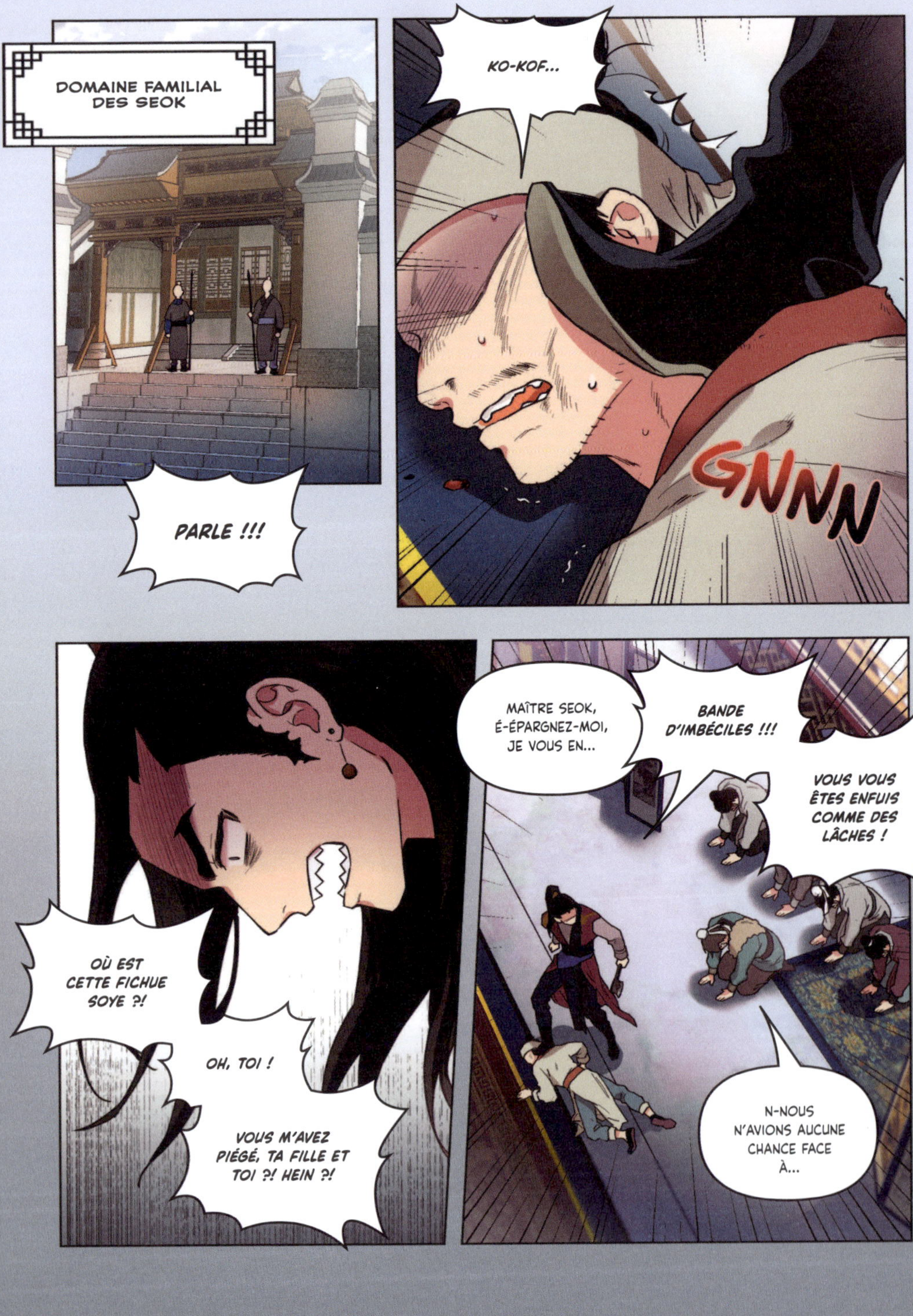
DOMAINE FAMILIAL DES SEOK
PARLE !!!
KO-KOF...
GNNN
OÙ EST CETTE FICHUE SOYE ?!
OH, TOI !
VOUS M'AVEZ PIÉGÉ, TA FILLE ET TOI ?! HEIN ?!
MAÎTRE SEOK, É-ÉPARGNEZ-MOI, JE VOUS EN...
BANDE D'IMBÉCILES !!!
VOUS VOUS ÊTES ENFUIS COMME DES LÂCHES !
N-NOUS N'AVIONS AUCUNE CHANCE FACE À...

LA FERME !!!
VLAN
FSHH
RAAAH !!! JE SUIS HORS DE MOI !!!
POUF...
HUMPF HUMPF
UN-UN HOMME A DIT AVOIR VU SOYE ENTRER DANS LA DEMEURE DE LA FAMILLE EON DE JINJU !
GRRR

DEMEURE DE LA FAMILLE EON
NON MAIS !!!
JE SUIS VENU RÉCUPÉRER CE QUI M'APPARTIENT, QUELLE IMPOLITESSE !!!
NOUS NE DÉTENONS RIEN QUI APPARTIENNE À LA FAMILLE SEOK.
ET QUAND BIEN MÊME CE SERAIT LE CAS, POURQUOI VENIR ACCOMPAGNÉ DE GARDES ET CRÉER CE TUMULTE ?

QUE SE PASSE-T-IL ?
TAC
HMM...
VOICI DONC L'HÉRITIER DE LA FAMILLE EON À L'IMPOSANTE STATURE DONT J'AI ENTENDU PARLER...
MOI, JE SUIS L'HÉRITIER DE LA FAMILLE SEOK, SEOK KWANGYUN.
ET DONC ?
MAÎ-MAÎTRE EON...
IL EST ABSENT POUR LE MOMENT, JE LE REPRÉSENTE.

HA HA, TRÈS BIEN, VOUS SAVEZ VOUS FAIRE ENTENDRE.
CES GARDIENS SONT UN PEU LIMITÉS, DONC...
VENEZ-EN AU FAIT.
...
IL ME MÉPRISE ALORS QU'IL EST DE BASSE EXTRACTION, TOUT ÇA CAR IL DÉPEND DE LA FAMILLE EON À PRÉSENT.
GRRR...
... UNE CHARMANTE JEUNE FILLE N'EST-ELLE PAS ARRIVÉE CHEZ VOUS IL Y A PEU DE TEMPS ?

GNAP
VOYEZ-VOUS, CETTE FILLE VA DEVENIR MA CONCUBINE...
... ELLE PENSE POUVOIR S'EN TIRER EFFRONTÉMENT AVEC SON JOLI MINOIS.
CEPENDANT, CETTE PETITE MALIGNE...

SCHLAC !!!

JEU-JEUNE MAÎTRE !!!
QU-QU'EST-CE QUE...?!
EUGH !!!
PAF
JEUNE MAÎTRE, ARRÊTEZ !
VOUS ALLEZ FINIR PAR LE TUER !

QUEL EST DONC CE BOUCAN ?
DEVRAIS-JE ALLER VOIR ?
« CETTE PETITE MALIGNE » ? UNE CONCUBINE ?!
PENSES-TU POUVOIR MÉPRISER AINSI LA FILLE DU CLAN TANG ?!
?
LE-LE CLAN TANG ? QU'EST-CE QU'IL RACONTE...?
???
SOYE !
NOUS SOMMES VENUS CHERCHER MA FILLE, SOYE !

VOTRE FILLE ?
OH, SOYE !!!
TE VOILÀ !
SOYE !
AH LÀ LÀ, MA FILLE CHÉRIE, JE TE TROUVE ENFIN !

SOYE ! OÙ ÉTAIS-TU PASSÉE ?!
JE T'AI CHERCHÉE PARTOUT !
TATATAC
J'AI COMPLÈTEMENT REDÉCORÉ LA CHAMBRE NUPTIALE, POUR ÊTRE SÛR QU'ELLE TE PLAISE.
ALLONS-Y.
NON, JE NE VIENDRAI PAS...
JE SUIS DÉJÀ AU SERVICE DE QUELQU'UN.
QU-QUOI...?
VOUS LUI AVEZ ACCORDÉ UN PRÊT POUR DES JEUX D'ARGENT. UNE SOMME QUI LUI A SÛREMENT ÉTÉ DONNÉE EN ESPÈCES OU EN BILLETS DE CHANGE, N'EST-CE PAS ?
QU'EN EST-IL DE LA DETTE DE TON PÈRE, DANS CE CAS ?!
QUE VAS-TU FAIRE POUR ÇA ?!
SI L'ON VEUT REMBOURSER CE GENRE DE DETTE AVEC DE LA MAIN D'ŒUVRE PLUTÔT QU'AVEC DE L'ARGENT...
... IL FAUT LE CONSENTEMENT DE LA PERSONNE CONCERNÉE. IL S'AGIT LÀ D'UNE LOI FINANCIÈRE MISE EN PLACE PAR LE CHEF DE LA LIGUE DES ARTS MARTIAUX.

ET JE N'AI JAMAIS DONNÉ MON ACCORD.
C'EST EXACT...
FWIP
C'EST DONC POUR ÇA QU'ELLE PASSAIT TOUT SON TEMPS À LA BIBLIOTHÈQUE...?
CETTE LOI... CE NE SONT QUE DES MOTS !
TU M'AS ÉTÉ DONNÉE PAR TON PÈRE. QUE PEUT BIEN FAIRE LA LIGUE À CE PROPOS, HEIN ?!
JE NE SUIS PAS UN OBJET DONT MON PÈRE PEUT DISPOSER COMME IL SOUHAITE !

ET N'OUBLIEZ PAS QUE VOUS ÊTES ICI CHEZ LA FAMILLE EON, JEUNE MAÎTRE SEOK.
DOUM
DÉCLARER DEVANT UN AUTRE CLAN QUE VOUS NE COMPTEZ PAS RESPECTER LES RÈGLES DE LA LIGUE SERAIT UNE CHOSE STUPIDE À FAIRE, NE CROYEZ-VOUS PAS ?
ET-ET DONC ?!
VEUX-TU VOIR TON PÈRE MOURIR POUR REMBOURSER SA DETTE ? C'EST CE QUE TU DIS ?
SOYE, QU'EST-CE QUE TU RACONTES ?! VAS-TU M'ABANDONNER COMME ÇA ?!

VEUILLEZ PARTIR...
J'AI DÉJÀ COMMENCÉ UNE NOUVELLE VIE.
ESPÈCE DE...
SALE GARCE !
PEUH !
APRÈS TOUT LE MAL QUE JE ME SUIS DONNÉ POUR T'ÉLEVER !!!
PETITE PESTE !
TU N'ES QU'UNE INGRATE !!!

LE MAL QUE TU T'ES DONNÉ POUR M'ÉLEVER...?
JE FAISAIS À PEINE MES PREMIERS PAS LORSQUE TU M'AS MISE AU TRAVAIL !
TU DILAPIDAIS SANS CESSE L'ARGENT QUE JE GAGNAIS DANS DES BOUTEILLES D'ALCOOL !!!
ON A PERDU MAMAN CAR TU AS DÉPENSÉ L'ARGENT POUR SES MÉDICAMENTS AU JEU !
BRR
BRR
ET MAINTENANT, TU ESSAIES DE ME VENDRE POUR REMBOURSER TA DETTE !!!
SI JE MEURS, CE SERA TA FAUTE !
GRR
...
GRR
TU SERAS LA SEULE À BLÂMER !!!
TRÈS BIEN !
À TON TOUR DE SUPPLIER POUR QUE QUELQU'UN VIENNE TE SAUVER !

SALE PETITE....!
VHOU
TAC
CE QUE JE T'AI DIT CE JOUR-LÀ, DANS LA RUE MARCHANDE...
SOUVIENS-T'EN.
MADEMOISELLE !!!

MADEMOISELLE ?
C'EST DONC LA PERSONNE QUE SOYE SERT...
...

...
Ê-êtes-vous la maîtresse de Soye ?
Je-je suis l'héritier de la famille Seok, Seok Kwangyun.
Quand est-elle arrivée ici ? Elle s'est déplacée à une telle vitesse...
Je suis Tang Haewon, fille du clan Tang, de Sacheon.
Tang Haewon ?!
Tang Haewon...
Cette fille connue pour sa beauté inégalée, mais aussi pour son tempérament cruel et colérique ?
Mademoiselle, je vais m'en occuper.
Vous pouvez retourner dans votre chambre.
Êtes-vous venu pour prendre Soye comme remboursement de la dette de son père ?

OH, PAS DU TOUT !
CE GENRE DE CHOSE EST IMPENSABLE !
JE COMPTAIS FAIRE DE LUI MON BEAU-PÈRE ET EFFACER COMPLÈTEMENT SA DETTE, RIEN DE PLUS.
QUEL BEAU PARLEUR.
J'AI PRIS SOYE SOUS MON AILE, J'AIMERAIS DONC QUE VOUS LA LAISSIEZ TRANQUILLE.
MAIS, TOUT DE MÊME...
CET HOMME ME DOIT UNE SOMME CONSÉQUENTE...
DANS CE CAS, QUE DIRIEZ-VOUS DE RENDRE VISITE À LA FAMILLE SEOK, MADEMOISELLE ? CE SERAIT L'OCCASION DE DISCUTER DES MODALITÉS DE REMBOURSEMENT.
MON PÈRE A TOUJOURS GRANDEMENT ESTIMÉ LES ARTS MARTIAUX DU CLAN TANG, IL SERAIT TRÈS HEUREUX DE VOUS RENCONTRER.
HMM...

NOUS POUVONS
XER CELA AU QUINZE
E CE MOIS, QU'EN
DITES-VOUS ?
NON,
VOUS NE DEVEZ
SURTOUT PAS
Y ALLER !!!
TRÈS BIEN,
JE VOUS DIS DONC
À BIENTÔT.
POURQUOI AVOIR
ACCEPTÉ...?
WOUSH
QU-QU'Y
A-T-IL ?

VOUS NE PRENEZ PLUS LA FUITE ?
JE PENSAIS QUE VOUS NE VOULIEZ PAS M'ADRESSER LA PAROLE.
FWIIP
TATATAC
AH, NON...
JE...
CE-CE N'EST PAS QUE JE NE VEUX PAS VOUS PARLER !
QU'EST-CE DONC, ALORS ?
FWIP

JE-JE SUIS SI GRAND...
... ET VOUS ÊTES MINUSCULE...
... JE CRAINS DE VOUS BLESSER...
... EN VOUS HEURTANT PAR ERREUR...
CE TYPE...
IL ME TRAITE COMME UN HAMSTER !!!
DANS CE CAS, ESSAYEZ DE VOUS HEURTER À MOI, POUR VOIR.
PARDON ?

HÉ HÉ
...?

VLAN !!!
OOOOUAH !!!
C'EST BIEN REGRETTABLE DE NE PAS AVOIR TA FILLE, MAIS JE VAIS PASSER OUTRE PAR ÉGARD POUR TANG HAEWON.
MERCI DE M'AVOIR FAIT DÉCOUVRIR UNE BEAUTÉ PAREILLE.
EN PLUS, C'EST LA FILLE LÉGITIME DE MAÎTRE TANG DE SACHEON.
SI ELLE TOMBE À MA MERCI, LE MONDE DES ARTS MARTIAUX EN SERA TOTALEMENT BOULEVERSÉ, N'EST-CE PAS ?

TANG HAEWON...
TANG HAEWON...
QUE VAIS-JE FAIRE DE TOI...?
DEVRAIS-JE TE CHANGER EN ESCLAVE ?
TE FAIRE MARCHER À QUATRE PATTES AVEC UNE LAISSE AUTOUR DU COU...?
LORSQUE MON PÈRE RENTRERA...
... IL RENCONTRERA SA NOUVELLE BELLE-FILLE.
HIN HIN HIN HIN...

DEMEURE DE LA FAMILLE EON
MA-MADEMOISELLE TANG... CELA...
... NE ME SEMBLE PAS ÊTRE UNE BONNE IDÉE.
TAC...
POURQUOI DONC ?
JE VEUX SIMPLEMENT VOUS MONTRER QUE VOUS NE CONSTITUEZ PAS UN DANGER POUR MOI.
HÉ HÉ
A-ALORS JE VAIS RESTER IMMOBILE, ET VOUS POURREZ FAIRE CE QUE VOUS VOULEZ...
EH BIEN, QUEL HOMME DOCILE...

ÊTES-VOUS SÛR ?
PARDON ?
JE PEUX VOUS FONCER DESSUS ?
SSSSHHH...
FWIP
VOUS POURRIEZ LE REGRETTER...

FRSHH

SWISH...
SCHLAC
TAC

!!!
FWIIIIP
HEP !!!
TING !
TING !
TING !
OOOOH
CLAP
CLAP
CLAP

MA-MADEMOISELLE...
... QUAND AVEZ-VOUS APPRIS LES ARTS MARTIAUX ?!
JE VIENS TOUT JUSTE DE DÉBUTER.
EON GUNWOO, J'AI DEMANDÉ UN DUEL EN BONNE ET DUE FORME.
VOUS NE PENSIEZ TOUT DE MÊME PAS QUE JE PLAISANTAIS, SI ?
PAF
ARRÊTONS-NOUS, MADEMOISELLE ! VOUS ALLEZ VOUS BLESSER !
JE FERAI EN SORTE QUE CELA N'ARRIVE PAS, D'ACCORD ?
PFIOU...
... FINISSONS-EN EN DIX COUPS.
EST-CE ENCORE À MOI D'ATTAQUER EN PREMIER ?
VHOU

FWIIIP!!
!!!

AH
FSHH

PAF
ELLE EST SI RAPIDE !
SSSSHHH
BANG !!!
OH NON, JE L'AIMAIS BIEN, CETTE CHAUSSURE EN SOIE...
FWIIIP...

TAC !
PAF
POC
VLAN
PAF
ELLE MAÎTRISE MÊME LE CANON DE KI ?!
JE DEVRAIS POUVOIR LE COMPENSER CORRECTEMENT...!

SHWAACK
BAAANG
AAARGH...
AAAAH !!!
OH LÀ LÀ !!!
EX-EXCUSEZ-MOI
MADEMOISELLE !!!

FSHH
VHOOOOU
GNNNNN
PA
WHOU
UN MOUVEMENT SI INSIDIEUX QU'IL NE LAISSE AUCUNE PLACE À LA NÉGLIGENCE...
MOI QUI PENSAIS DEVOIR ÊTRE INDULGENT, QUELLE ARROGANCE DE MA PART...!

VLAN
SANS LE KI, MON BRAS SE SERAIT BRISÉ.
YANG BANGSHIK AVAIT RAISON, CE N'EST PAS UN ADVERSAIRE À PRENDRE À LA LÉGÈRE...
FRSSHHH
FWIP
BAM !!!

JUSQU'OÙ VA-T-ELLE MONTER... ?
TAP
SWIISH
BOUM
KOF
FFT
VOUS AVEZ PERDU, N'EST-CE PAS ?

ACCORDEZ-MOI UN AUTRE MATCH.
CETTE FOIS, JE...
REGARDEZ-MOI ÇA...
JE SAVAIS QUE VOUS RÉAGIRIEZ AINSI.
JE VOUS AVAIS DIT DE ME PRENDRE AU SÉRIEUX DÈS LE DÉBUT.
HAEWON, GUNWOO.
!!!
VENEZ UN INSTANT.

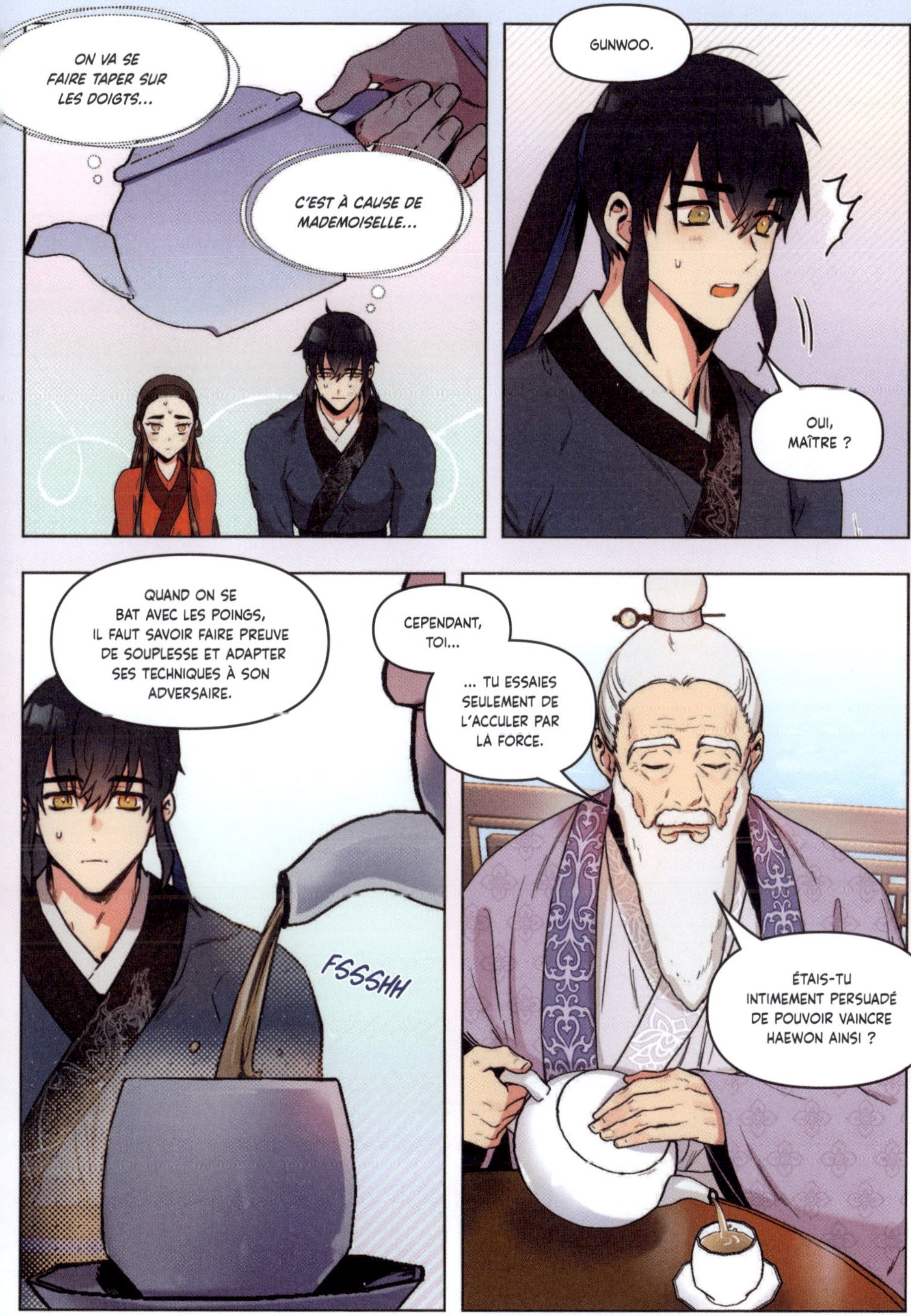
ON VA SE FAIRE TAPER SUR LES DOIGTS...
C'EST À CAUSE DE MADEMOISELLE...
GUNWOO.
OUI, MAÎTRE ?
QUAND ON SE BAT AVEC LES POINGS, IL FAUT SAVOIR FAIRE PREUVE DE SOUPLESSE ET ADAPTER SES TECHNIQUES À SON ADVERSAIRE.
CEPENDANT, TOI...
... TU ESSAIES SEULEMENT DE L'ACCULER PAR LA FORCE.
FSSSHH
ÉTAIS-TU INTIMEMENT PERSUADÉ DE POUVOIR VAINCRE HAEWON AINSI ?

PARMI LES DIX PLUS GRANDS GUERRIERS DU MONDE DES ARTS MARTIAUX, CERTAINS ONT PEUT-ÊTRE MOINS DE FORCE QUE TOI.
CEPENDANT, TU POURRAIS T'ESTIMER HEUREUX S'ILS NE T'EXTERMINENT PAS EN MOINS DE DIX COUPS.
QUANT À TOI, HAEWON, COMBIEN DE TEMPS PENSES-TU POUVOIR TE BATTRE EN UTILISANT UNIQUEMENT TA FORCE INTÉRIEURE ?
TAC
!!!
TU AS BEAUCOUP DE MOUVEMENTS, MAIS AUCUNE RÉELLE SUBSTANCE.
TU NE SAIS PAS COMMENT METTRE FIN AU COMBAT EN UN COUP DÉCISIF, ET TU FAIS TRAÎNER LES CHOSES EN LONGUEUR.
CLING
HOP
TAAC

IL EST IMPITOYABLE...
J'AI DONC DÉCIDÉ...
SLURP
QUE J'ALLAIS VOUS INSTRUIRE TOUS LES DEUX.
PARDON ?
QUOI ?
VOUS AVEZ CHACUN VOS LACUNES, CE SERA LÀ UNE CHANCE DE VOUS COMPLÉTER L'UN L'AUTRE.

!!!
JE VAIS Y ALLER. DÉGUSTEZ DONC VOTRE THÉ ENSEMBLE.
BRR
CE VIEUX RENARD...
ALORS ?
NOUS ENVOYONS DES LETTRES AU CLAN MOYONG, PAR FAUCON, DANS LESQUELLES SOYE IMITE L'ÉCRITURE DE SHINA.
CELA PERMETTRA DE DÉJOUER LEUR SURVEILLANCE.
BONNE IDÉE.

ET QUE FAIT-ON CONCERNANT L'ESPION QUE NOUS AVONS ATTRAPÉ L'AUTRE JOUR ?
J'AI ÉCRIT QU'IL ALLAIT RESTER AVEC NOUS, ICI...
... CAR SHINA SEULE NE SUFFISAIT PAS.
VRAIMENT JUDICIEUX.
AS-TU DÉJÀ CHOISI CEUX QUI VIENDRONT CETTE NUIT ?
OUI. HEUKCHEON, SORYUNG ET JUCHEON SERONT AVEC NOUS.
SI NOUS Y ALLONS À MINUIT, EN UTILISANT LA TECHNIQUE DE DÉPLACEMENT DE MOKCHEON, NOUS SERONS DE RETOUR AVANT L'AUBE.
HMM... SEOK KWANGYUN PENSE QUE NOUS LUI RENDRONS VISITE DANS QUINZE JOURS, NOUS DEVONS DONC LE PRENDRE DE COURT.
JE DOIS AUSSI ESQUIVER LE JEUNE MAÎTRE EON...

COMMENT ?
IL S'ENTÊTE À VOULOIR M'ACCOMPAGNER LÀ-BAS.
VOUS SEMBLEZ VOUS ÊTRE BIEN RAPPROCHÉS, TOUS LES DEUX...
EH BIEN, JE NE PENSE PAS QUE CE SOIT UNE MAUVAISE PERSONNE.
DEMEURE DE LA FAMILLE SEOK
QUELLE SOIE SIED LE MIEUX À TANG HAEWON, À VOTRE AVIS ?
JE L'UTILISERAI EN RIDEAU DE CHAMBRE QUAND ELLE VIENDRA.
JE NE SUIS PAS SÛR QUE CE SOIT UNE BONNE IDÉE DE LA...
JEUNE MAÎTRE, IL S'AGIT TOUT DE MÊME DE LA FILLE DU CLAN TANG...

ELLE EST SAUVAGE DE CARACTÈRE SEULEMENT. ELLE NE MAÎTRISE PAS LES ARTS MARTIAUX ET N'A QUE SA BEAUTÉ POUR ELLE.
C'EST UNE GAMINE QUI SERAIT INCAPABLE DE SOULEVER UNE BOUTEILLE SANS SE PLAINDRE DE SON POIDS. POURQUOI LA CRAIGNEZ-VOUS AUTANT ?
MAIS C'EST CETTE FILLE QUI NOUS A...
C'EST SÛREMENT UN AUTRE MEMBRE DE LEUR CLAN QUI VOUS A ATTAQUÉS, CE JOUR-LÀ !
NON ! C'EST VRAI, JEUNE MAÎTRE !
VEUILLEZ NOUS CROIRE !
LES ENFANTS...
VOYONS, CALMEZ-VOUS.
FWIP
ELLE RESTE TOUT DE MÊME UN MEMBRE DU CLAN TANG, JE NE VAIS PAS ME JETER BRUTALEMENT SUR ELLE.
QUAND ELLE SERA LÀ, JE FERAI PREUVE DE BIENSÉANCE ET LUI OFFRIRAI UN THÉ.
IL ME SUFFIRA D'UTILISER CELA...
... COMME JE L'AI TOUJOURS FAIT.

QU'EST-CE DONC ?
EH BIEN, C'EST...
WOUSH
TOI... QUI...?
J'AI DEMANDÉ CE QUE C'ÉTAIT.
QUI ES-TU ?!!
EUGH !!!
PAF
JE T'AI POSÉ UNE QUESTION.
TAC

HÉ OH, DEHORS !!!
EST-CE QU'IL Y A QUELQU'UN... ?
KOF !!!
TAP
FWIP
ILS SONT TOUS SOUS CONTRÔLE.
NOUS AVONS PRESSÉ LEURS POINTS DE PARALYSIE ET DE SOMMEIL.
ILS NE BOUGERONT PAS AVANT LE PETIT MATIN.
POU-POURQUOI VOUS FAITES ÇA ?!
COMBIEN ON VOUS A PAYÉS ?
JE-JE VOUS DONNERAI LE DOUBLE... NON, JE VOUS DONNERAI DIX FOIS LA SOMME !

DONC, JUSQU'ICI, TU AGRESSAIS DES JEUNES FEMMES APRÈS LEUR AVOIR FAIT BOIRE CET ÉLIXIR ?
POUR SAVOIR DE QUOI IL S'AGIT...

JE N'AI QU'À TE LE FAIRE AVALER, ENFOIRÉ !
VLAM
HUMPH
KOF !!!
ARGH... N-NON...
PAS ÇA... AARGH... NGH...
BRR
BRR
KOF... ARGH... KOF...

EEEH
IL A COMPLÈTEMENT DÉRAILLÉ.
EUGH...
FWIP
SI VITE ?
OH...
FWIP
S'IL A BESOIN DE ÇA POUR AVOIR UNE VIE SEXUELLE, SON ENGIN NE LUI SERT À RIEN.
AUTANT LE COUPER.
TROUVEZ LE RESTE DE LA DROGUE ET LES CONTRATS DE DETTES, ET BRÛLEZ TOUT.
METTEZ LE FEU À D'AUTRES OBJETS AUSSI, QU'ON PUISSE CROIRE À UN INCENDIE CAUSÉ PAR UNE BOUGIE.
FWIP
FWIP

EUUGH...
FSSH
!!!
ATTENTION !
IL S'EST RELEVÉ !
NGH... AH...
WOUSH
HEIN ?!
VOUS... VOUS M'AVEZ DIT DE LE COUPER...
WOUSH
QUOI ?!
HUMPH
ZIIP
COUPER...

A-ATTENDS !
QU'EST-CE QUE TU VEUX COUPER, AU JUSTE ?!
AAAAAAH !!!
JE DOIS LE COUPER !!!

A-ARRÊTE !!!
FSH
QU-QU'EST-CE QU'IL FAIT ?
EST-CE QU'IL... S'EST ARRÊTÉ ?
SÉRIEUSEMENT... QU'EST-CE QUI LUI PREND...?
MADEMOISELLE, QUE LUI AVEZ-VOUS DIT TOUT À L'HEURE ?
HEIN ? MOI ? CE QUE J'AI DIT ?
« S'IL A BESOIN DE ÇA POUR AVOIR UNE VIE SEXUELLE, SON ENGIN NE LUI SERT À RIEN. »
VOILÀ, C'EST ÇA.

...
COMMENT AS-TU FAIT POUR RÉPÉTER EXACTEMENT MOT POUR MOT...?
... C'ÉTAIT TELLEMENT CHOQUANT QUE JE M'EN SUIS SOUVENU.
RAMPE À QUATRE PATTES EN ABOYANT COMME UN CHIEN.
OUAF OUAF OUAF OUAF !
WOW... IL S'EXÉCUTE !
PAS CROYABLE...

FRACASSE
CE MUR AVEC
TA TÊTE.
GNÉHÉHÉHÉHÉ
AAARGH
BAM
BAM
BOUM !

STOP.
LE MUR EST... FISSURÉ.
BIEN ENTENDU, LUI AUSSI EST DANS UN ÉTAT LAMENTABLE.
HMPF
L'HERBE BAEKRYEON.
UNE PLANTE CULTIVÉE À BASE DE SANG HUMAIN...
UNE DROGUE SPÉCIALISÉE POUR LE LAVAGE DE CERVEAU ET LA SOUMISSION, UTILISÉE PAR LA SECTE DÉMONIAQUE LORSQU'ELLE A PRIS LE CONTRÔLE DU MONDE DES ARTS MARTIAUX.

LA SECTE L'A FAIT DISCRÈTEMENT CIRCULER PARMI LES GUERRIERS...
... ET LES A AINSI TRANSFORMÉS EN PARFAITES MARIONNETTES, DÉTRUISANT LEUR PROPRE CAMP.
MADEMOISELLE, CELA DÉPASSE LE CADRE DE NOS CONNAISSANCES, NOUS DEVRIONS NOUS RENSEIGNER.
HÉ, OÙ AS-TU TROUVÉ ÇA ?
AU MARCHÉ NOIR...
LE MARCHÉ NOIR ? DE QUOI PARLES-TU ? DIS-M'EN PLUS.
À LA FIN DU TRIMESTRE...
... LE MARCHÉ NOIR SE TIENT... LA FORTERESSE DE YEONG-PYEONG... LE MARCHAND OGWI... A-ARGH...
HMPF
HMPF
COMMENT FAIT-ON POUR S'Y RENDRE ?
FFT...

K-KOF KOF...
IL EST MORT.
PROBABLEMENT À CAUSE DE L'IMPORTANTE QUANTITÉ DE DROGUE QU'IL A AVALÉE.
FWIP
BOUM
FFT
ELLE N'A PAS L'AIR ENCORE AU POINT.
MADEMOISELLE, C'EST...
... UNE INSCRIPTION FAITE AVEC DU SANG, SUR DU CUIR HUMAIN.

DANS LA PLUS GRANDE DISCRÉTION, ET UNIQUEMENT AVEC NOS HOMMES...
... TENTEZ DE DÉCOUVRIR CE QUI SE TRAME AU MARCHÉ NOIR.
OUI, MADEMOISELLE !
JE N'OSE PAS CROIRE QU'ILS UTILISENT DE TELLES CHOSES EN TANT QU'OBJETS. C'EST VRAIMENT VIL.
QU'EST-CE QUI EST EN TRAIN DE SE PASSER ?

DEMEURE DE LA FAMILLE EON
BAM !
PAF !
TAC !
FSHH
FWIIIP !
JE SUIS À COURT D'ARMES...!

VHOU
ELLE UTILISE LES MÊMES ENCHAÎNEMENTS QUE LA DERNIÈRE FOIS.
IL PENSE QUE JE NE SUIS PAS CAPABLE DE LE BATTRE SANS ARME...?
FSH

BANG !
CHHH...
C'EST COMME FRAPPER UNE PIERRE AVEC LE POING...!!!
J'AI MAL !!!
AÏE - OUCH
MADEMOISELLE TANG... ARRÊTONS-NOUS LÀ...

NE SOYEZ PAS SI CLÉMENT. SI VOUS CONTINUEZ, JE VOUS TUE.
ARGH...
CONCENTRE TON ÉNERGIE DANS TOUT LE BRAS, PAS SEULEMENT LA MAIN.
... DANS TOUT LE BRAS ?
GNNN...

ENCORE ?!

... LE COUP
EST PLUS PUISSANT,
CETTE FOIS !
SHWAAA !
JE VAIS
TROMPER SA
VIGILANCE ET
RÉESSAYER.
J'AI RÉUSSI...!

ELLE EST TELLEMENT RAPIDE QUE MES YEUX N'ARRIVENT PAS À LA SUIVRE...
IL N'EST PAS NÉCESSAIRE DE VOIR LES MOUVEMENTS POUR LES COMPRENDRE.
IL FAUT PLUTÔT LIRE LE FLUX DE KI DE SON ADVERSAIRE, IL RÉVÈLE SES DÉPLACEMENTS.
MAIS OUI...!

ELLE EST
TRÈS RAPIDE...
... CEPENDANT,
SI JE ME CONCENTRE
ET QUE J'EXAMINE SON
FLUX DE KI...
LÀ !!!
PAF
!!!

COMMENT A-T-IL SU VERS OÙ J'ALLAIS...?
UN PEU TROP TÔT...!
FSSHH !!!

STOP.
VOUS AVEZ FAIT DU BON TRAVAIL, TOUS LES DEUX.
HAEWON, ESSAIE DONC PLUSIEURS TECHNIQUES POUR CONCENTRER TON ÉNERGIE DANS DIFFÉRENTES PARTIES DE TON CORPS, COMME TU L'AS FAIT À L'INSTANT.
OUI, GRAND-PÈRE.
GUNWOO...
OUI ?
UTILISE DONC TON AGILITÉ...

POUR RAMENER DE L'EAU FRAÎCHE À HAEWON.
TU NE M'AS PAS ENTENDU ?
DOUM
T-TRÈS BIEN !
TATATAC
FWIP
JE NE VOULAIS PAS PASSER POUR LE VILAIN QUI NE PREND SOIN QUE DE TOI À SES YEUX.
TIENS, UNE PILULE DE LONGÉVITÉ.
TAC

C'EST...
C'EST UN TRÈS BON REMÈDE POUR LES PERSONNES QUI MANQUENT DE FORCE EXTERNE, COMME TOI.
HUMPH
C'EST UN OBJET TRÈS PRÉCIEUX...
NE VAS-TU PAS L'ACCEPTER ?
MON BRAS VA FINIR PAR TOMBER.
GRAND-PÈRE...
HAEWON N'AVAIT PAS SPÉCIALEMENT D'AFFECTION POUR SON GRAND-PÈRE MATERNEL...
... ET ELLE LUI RENDAIT RAREMENT VISITE.
POURQUOI FAITES-VOUS TOUT ÇA POUR MOI ?
HO HO ! AI-JE BESOIN D'UNE RAISON POUR PRENDRE SOIN DE MA PETITE-FILLE ?
GUNWOO VA BOUDER S'IL L'APPREND.
AVALE-LA VITE.

NON...
SUR CE POINT, TU TIENS DE TON PÈRE.
HO HO
MAIS TA RESSEMBLANCE AVEC SEOYEON RESTE BIEN PLUS FLA-GRANTE.

ELLE AVAIT AUSSI UN CÔTÉ GARÇON MANQUÉ, COMME TOI...
... ET, QUAND ELLE VOYAIT UN GUERRIER, ELLE NE POUVAIT S'EMPÊCHER DE LE PROVOQUER EN DUEL.
MAIS LA MÈRE DE HAEWON ÉTAIT MÉDECIN, NON... ?
ELLE A ÉTUDIÉ LA MÉDECINE APRÈS AVOIR ABANDONNÉ LES ARTS MARTIAUX.
CAR JE M'Y ÉTAIS OPPOSÉ.
C'EST UN MONDE DANGEREUX...
... ET JE NE DÉSIRAIS QUE SA SÉCURITÉ.
MAIS MAINTENANT...
... JE ME DIS QUE J'AURAIS DÛ LA LAISSER SUIVRE LE CHEMIN QU'ELLE DÉSIRAIT.
J'Y PENSE TOUS LES JOURS.

SANS EXCEPTION...
...
SI ELLE AVAIT DIRIGÉ NOTRE FAMILLE, EN TANT QUE GUERRIÈRE...
... JE L'AURAIS PEUT-ÊTRE EUE PLUS LONGTEMPS À MES CÔTÉS.
NUIT ET JOUR, J'AI ESPÉRÉ QUE TU N'HÉRITES PAS DE SON TALENT.
LE MONDE DES ARTS MARTIAUX EST TOUJOURS AUSSI REDOUTABLE...
MAIS QUAND JE T'AI VUE PRATIQUER...
HAEWON...
... VIS COMME TU LE SOUHAITES.

SANS TE SOUCIER DE TA FAMILLE, OU DU REGARD DE LA SOCIÉTÉ.
JE VEUX QUE TU VIVES LIBREMENT.
C'EST CE QUE SOUHAITERAIT SEOYEON AUSSI.
D'ACCORD...
AH LÀ LÀ, LE VOILÀ AVEC L'EAU.
HEIN ?!

PROFITEZ DONC D'UN MOMENT À DEUX...
AVEZ-VOUS ENTENDU LA NOUVELLE ?
LAQUELLE ?
LA MAISON DE LA FAMILLE SEOK A PRIS FEU CETTE NUIT.
POUAH !
MON DIEU ! VRAIMENT ?
OUI... SEOK KWANGYUN SERAIT MORT.
QUELLE HISTOIRE...
VOUS NE SAVEZ RIEN À CE SUJET, MADEMOISELLE ?

EST-CE QU'IL ME SOUPÇONNE ?
MOI ? RIEN DU TOUT.
JE DOIS CHANGER DE SUJET ! VITE !
MAIS, AU FAIT...
... ALLONS-NOUS NOUS VOUVOYER ENCORE LONGTEMPS ?
POUAH !
PARDON ?!
KOF
PLOC PLOC
BRR
FWIP
EH BIEN, NOUS SOMMES DES PARENTS ÉLOIGNÉS.
ET ON SE CONNAÎT DEPUIS DEUX MOIS, MAINTENANT...
OU BIEN RESSENTEZ-VOUS ENCORE TROP DE DISTANCE ENTRE NOUS ?

IL RÉAGIT TOUJOURS COMME JE L'ESPÈRE.
NON... PAS...
... PAS DU TOUT...
À FORCE, AVEC LUI, J'AI L'IMPRESSION D'ÊTRE UNE PERSONNE HORRIBLE QUI NE FAIT QUE TOURMENTER UN JEUNE HOMME PUR ET INNOCENT.
FWIP

AH, JE SUIS UNE VRAIE ORDURE.
PAF
PAF
JE NE RESSENS PAS DE DISTANCE AVEC VOUS...
... CEPENDANT, JE SUIS PLUS ÂGÉ QUE VOUS ET JE DEVRAIS VOUS TRAITER AVEC...
DANS CE CAS, APPELEZ-MOI AU MOINS PAR MON PRÉNOM.
JE FERAI DE MÊME POUR VOUS.
VOUS ME VERREZ SOUVENT ICI DORÉNAVANT. ALLEZ-VOUS ÊTRE SI MAL À L'AISE À CHAQUE FOIS ?
!
ALLEZ-VOUS... VENIR RÉGULIÈREMENT ?

BIEN SÛR ! ME PENSEZ-VOUS SANS CŒUR ?
AH...
MÊME S'IL A ÉTÉ DÉSIGNÉ COMME HÉRITIER...
IL VIENT DE LA LIGNÉE INDIRECTE DU CLAN EON, ALORS QUE JE SUIS LA PETITE-FILLE DU MAÎTRE.

DE PLUS, CE DERNIER M'ENSEIGNE LES ARTS MARTIAUX.

CRAIGNEZ-VOUS...
... QUE JE PRENNE VOTRE PLACE ?
ET VOUS, DÉSIREZ-VOUS PRENDRE LA TÊTE DU CLAN EON ?
ET SI JE VOUS DIS QUE OUI...?

MASTER VILLAINESS L'INVINCIBLE

À SUIVRE…

This French edition was published by Editions Albin Michel in 2024 by arrangement with Polarfox c/o KCC (Korea Copyright Center Inc.), Seoul and Chiara Tognetti Rights Agency, Milan.

Traductrice :
Deregnaucourt Floria & Brindeau Justine
Maquette :
Wetstein Bryan et Spampinato Nathalie
Lettrage :
Préparation : Leste Lassere Capucine / Finitions : Grassart Sarah
Relecture :
Gardeil Roxane

22, rue Huyghens, 75014 Paris www.albin-michel.fr
Loi n°49-956 du 16 juillet 1949 sur les publications destinées à la jeunesse, Octobre 2024.

Le papier utilisé pour ce livre est issu de forêts gérées durablement.

Imprimé en Espagne par Graficas Estella.

Dépôt légal : Octobre 2024
Numéro d'édition : 26061/01
ISBN : 978-2-226- 49635-5